GEORGES SIMENON
KANALDAKİ EV

KABALCI YAYINEVİ: 321
Simenon Dizisi: 2

Georges Simenon 13 Şubat 1903'te Liège'de (Belçika) doğdu. Çok genç yaşta yazmaya karar verdi. *La Gazette de Liège*'de gazeteci olarak çalışmaya başladığında onaltı yaşındaydı. İlk romanı Georges Sim takma adıyla 1921'de yayımlandı: *Au pont des Arches, petite histoire légoise*. Aralık 1922'de karısı, ressam Régine Renchon'la birlikte Paris'e yerleşti. Çeşitli takma isimler altında, birçok farklı türde popüler romanlar yayımladı: 1923-1933 yılları arasında yaklaşık iki yüz roman, binlerce hikâye ve sayısız makale. 1929 yılında yazdığı *Pietr-le-Letton* (*Letonyalı Pietr*, 1931) ünlü "Komiser Maigret" dönemini açan roman oldu. İster polisiye bir olayın etrafında gelişen ve genellikle sıradan insanların işlendiği; kusurlu, suçlu, yasadışı da olsalar onları yargılamaktan kaçınan, onlarla şeyler arasındaki ilişkileri daha iyi kavramak için onların mekânında onlarla birlikte yaşayan komiser Maigret dizisindeki eserlerinde olsun, ister çeşitli çevreleri, durumları, karakterleri incelediği psikolojik romanlarında olsun, Simenon, insan gerçeğini, gündelik hayattaki trajediyi her türlü yapaylıktan uzak, sade bir üslupla kaleme almakta ve atmosfer yaratmakta son derece ustadır.

Paris'te yaşadığı yıllar boyunca sık sık seyahat eden yazar uzun bir süre (1945-1955) ABD'de kalmış, 1957'de ise İsviçre'ye (Echandens) yerleşmiştir. *Je me souviens* (Hatırlıyorum, 1945) adlı kitabında çocukluk anılarına değinen Simenon, *Pedigree* (Soyağacı, 1948) adlı otobiyografisinde onu yazar yapan unsurlara ışık tutmuştur. 1952'de Belçika Kraliyet Akademisi'ne kabul edilen Simenon'un eserleri sayısız dile çevrilmiş, ayrıca pek çok defalar sinemaya uyarlanmıştır.

1973'te romancı kariyerine son verdiğini duyuran Simenon 4 Eylül 1989'da ölmüştür.

Georges Simenon
La Maison du canal © 1933 Georges Simenon Limited
(a Chorion company). All rights reserved.

Kanaldaki Ev
© Kabalcı Yayınevi, 2008

Birinci Basım: Haziran 2008

Kapak Düzeni: Gökçen Yanlı
Teknik Hazırlık: Zeliha Güler
Yayıma Hazırlayan: Mustafa Küpüşoğlu

KABALCI YAYINEVI
Ankara Cad. No: 47 Cağaloğlu 34112 İstanbul
Tel: (0212) 526 85 86 Faks: (0212) 513 63 05
yayinevi@kabalci.com.tr   www.kabalciyayinevi.com
internetten satış: www.kabalci.com.tr

KÜTÜPHANE BİLGİ KARTI
Cataloging-in-Publication Data (CIP)
Simenon, Georges
Kanaldaki Ev

ISBN 975-997-127-5

Baskı: Yaylacık Matbaacılık San. Tic. Ltd. Şti. (0212 567-8003)
Litros Yolu Fatih San. Sitesi No: 12/197-203 Topkapı-İstanbul

GEORGES SIMENON

KANALDAKİ EV

Çeviri
Oktay Rifat

KABALCI YAYINEVİ

I

Çıkış kapısına doğru itiş kakış ilerleyen yolcu selinin içinde telaş etmeyen bir o vardı. Elinde yol çantası, biletini görevliye vermek için sırasını bekledi. Yas tülünün altında başı dimdikti.

Brüksel'den trene saat altıda binmişti. Hava karanlıktı. Buz gibi bir yağmur yağıyordu. Üçüncü mevki sırılsıklamdı. Çamur içindeki yerler ıslak, cıvık bir buğuyla kaplı bölmeler ıslak, içinden dışından sular sızan camlar ıslaktı. Islak giysili insanlar uyukluyordu.

Saat sekizde Hasselt'e gelince trenin de, garın da elektrikleri sönmüştü. Bekleme salonlarında şemsiyelerden yol yol ıslak ipek kokan sular akıyor, sobaların başında yolcular kestiriyorlardı. Çoğu, Edmée gibi, karalar giymişti: Bu bir raslantı mıydı? Yoksa, kendisi tepeden tırnağa karalar içindeydi, yastaydı ondan mı tuhafına gidiyordu herkesin koyu renk giymiş olması? Hem kalabalıklar hep böyle giyinmezler mi?

12 Aralık. Gişenin yanında iri puntolu koskoca bir "12" sayısı. Kapkaraydı o da.

Dışarıda şakır şakır yağmur yağıyor, kimi koşuyor, kimi bir saçak altına sığınıyordu. Bulutlar ortalığı zindana çevirdiği için dükkanlar elektriklerini yakmışlardı.

Tam garın karşısında, sokağın ortasında, yeşile ve siyaha

boyalı büyük bir tren duruyordu. Bomboştu. Ne makinisti vardı, ne biletçisi. Üstünde *Maeseyck* yazıyordu. Edmée, Neroeteren'e gitmek için bu kasabadan geçecekti.

Kimseye danışmadan camlı bir bölmeyle ikiye ayrılmış ilk vagona girdi. Bölmelerden birinin sıraları tahtadandı. Yerlere izmaritler atılmış, tükürülmüştü. Öteki bölmede kırmızı kadife yastıklar, yerde de bir halı vardı.

Edmée tereddüt etti, birinci sınıfın kapısından geçti ve tam karşıda bir köşeye oturdu, başlığının yüzünü örten örtüsünü kaldırdı. Çok zayıf, çok solgundu, onaltı yaşındaki genç kızlar gibi kansızdı. Saçları sıkıca örülmüş, ensesinde topuz yapılmıştı.

Yarım saat geçti aradan. Yolcular, hele sepetli köylüler, hep ikinci sınıfa biniyor, bütün Flamanlar gibi bağıra bağıra konuşuyorlardı. Bir kadın, camların arkasından, tek başına oturan Edmée'ye gözucuyla bakıyor, bir şeyler mırıldanarak acımış gibi, başını sallıyordu. Başkaları da genç kıza bakıyorlardı.

Düdük çaldı, tren yarı uykulu küçük şehrin sokakları arasından yol almaya başladı. Vagonların lambaları belki raslantıyla yandı ama, yolculuğun sonuna kadar da yanık kaldı.

Yağmur, Edmée'nin peçesi, yaşlı kadınların siyah büyük şalları, sıralara, yerlere damlayan sular, hepsi, hepsi, külrengi, kasvetli bir hava içinde eriyip gidiyordu. Köylerin sürülmüş toprakları kapkaraydı. Tuğla evler kirli bir karaya çalıyordu. Limbourg'un kömür madenleri bölgesinde toprak ve kül yığınlarının, işçi evlerinin arkasından geçtiler.

Eski bir trendi bu. Yolcuları sarsıyor, Edmée'nin de, herkesin de başı sallanıyordu. Kadınlar arada bir birkaç kelime söylüyorlardı. Bölmeden duyulmuyordu ama, yüzlerin üzgün hali, göğüs geçirirken aralanan dudaklar, her konuşmadan sonra camların buğusuna takılan bomboş gözler görünüyordu.

Biletçi önce birinciye girdi. Edmée'ye Flamanca bir şeyler söyledi. Edmée adama bakmadı, sadece parasını uzatarak:

— Maeseyck! demekle yetindi.

Biletçi bir iki cümle daha söyleyince Edmée başını çevirdi. Her köyde, bazen tek ev görünmeyen kavşaklarda bile duruyorlardı. Çevreden koşuşuyorlardı. Eteklerini toplamış, soluk soluğa gelen, güleryüzlü kadınları basamağa çekerek çıkarıyorlardı. Biletçinin oyuncağa benzeyen borusu gülünç bir sesle ötüyor, lokomotif düdük çalıyordu.

On bire doğru köylü kadınlar sepetlerini açtılar, kumanyalarını çıkardılar. Saat ikide Maeseyck'e varıldı. Tren başka bir trenin yanında durdu. Bu da tıpkı ötekine benziyordu. Yalnız bir vagon eksikti, üstünde de "Neroeteren" yazılıydı.

Edmée ne trenin kaçta kalkacağını sordu, ne bakındı, ne de kimseyle konuştu. Hasselt'teki gibi gidip kompartmanının bir köşesine oturdu. Oysa yolcuların çoğu bir meyhaneye giriyor, masanın başına geçip sıcak bir kahve ısmarlıyordu.

Tren üç buçuktan önce kalkmadı. Ortalık kararmaya başlamıştı bile. Ormanlardan, dümdüz bir kanaldan geçtiler. Kanal o kadar düz, o kadar uzundu ki, fenalık geliyordu insanın içine. Bir köyün ortasında biletçi:

— Neroeteren! diye bağırdığı zaman gece olmuştu.

Edmée trenden indi, sokağın ortasında, tabelası Flamanca

yazılı bir bakkal dükkanının önünde kalakaldı. Gelenler, gidenler, öpüşenler. Kimse ona aldırmıyordu. Edmée dükkana doğru yürüdü, çantasını basamağa bıraktı, yağmurdan korunarak beklemeye başladı.

Tren gidiyordu. Sokak tenhalaşıyor, karanlıkta, tek kat evlerin yanında bir araba duruyordu. Derken, nereden çıktığı bilinmeyen iri kıyım, koca kafalı, boyunsuz bir gölge belirdi. Başında ıslak bir bere vardı. Çok uzun kolları iki yanında ağır ağır sallanıyordu.

Ayağında sabolar, sırtında bir köylü giysisi, Edmée'nin önünden yüzüne bile bakmadan iki kez geçti, sonra iki adım açıkta birdenbire durarak:

— Kanallar'a gelen yolcu siz misiniz? diye homurdandı.

— Benim.

— Ben Jef.

Bunu söylerken kızın yüzüne bakamıyor, çantasını almaya çekiniyordu.

— Otomobiliniz var mı?

— Araba var.

Çantayı aldı, arabaya doğru yöneldi. Sabırsızlanan atı söylenerek yatıştırdı.

— Tek başınıza çıkabilecek misiniz?

Edmée peşi sıra yürümüştü. Sabahtan beri donuyordu, soğuktan kaskatıydı. Adam çantayı arabaya koydu, döndü. Elini nasıl uzatacağını kestiremiyordu.

— Üstünüz başınız kirlenecek.

Edmée arabaya bir sıçrayışta bindi. Körüğün altına girmek için değildi. Hemen arkasından adam da yanına oturmuş, dizginleri eline almış, hayvanı Flamanca yüreklendirerek sürmeye başlamıştı.

İki üç ışık daha gördüler, sonra yolun iki yanındaki kara çamlardan başka bir şey görünmez oldu. Rüzgar esiyordu. Körük şiştikçe yağmur içeri dalıyor, deliklerden musluk gibi sular akıyordu.

Edmée yanındakini göremiyordu. Arabanın oklarından birine asılı fenerin çamura yuvarlak ve oynak bir leke halinde vuran soluk aydınlığından başka ışık yoktu ortalıkta.

— Üşümüyor musunuz?

— Teşekkür ederim.

Bozuk toprak bir yoldan gidiyorlardı. Arabaların açtığı izler öylesine derindi ki ata yardım etmek için Jef arabayı iki kez tekerleklerinden itmek zorunda kaldı. Hava soğuktu. Edmée zaman zaman iliklerine kadar ürperiyordu. Üstelik bitmek bilmiyordu yol. Trende geçirdiği bütün bir günden daha uzun görünüyordu ona bu yolculuk.

— Daha çok var mı?

— Bir çeyrekten beri kendi topraklarımızdayız.

Bir çam ormanından sonra kavak ağaçlarının dikdörtgenlere böldüğü, deniz yüzeyinden alçak bir ovadan geçtiler. Sonra biraz yükseldiler. Edmée'nin daha önce gördüğü kanalı aştılar. Kanal, çayırlardan daha yüksekte, toprak setlerin arasındaydı. Bir mavna vardı ucunda.

— Acıkmadınız mı? Flamanca biliyor musunuz?

— Hayır.

— Yazık!

Dakikalarca sustu.

— ... Annem de, iki küçük kardeşim de Fransızca bilmezler.

Bir ara sarsıntıdan teyze oğlunun omuzuna düşen Edmée sıkıntıyla doğruldu.

— Şu görünen yer mi?

Ovada, kavak dikdörtgenlerinin arasında küçücük bir ışık parlıyordu. Bir evin üst kat penceresinden geliyordu bu ışık. Yaklaşınca perdelerin arkasındaki karaltıları seçmeye başladılar. Araba bir kapının önünde gıcırdayarak durdu.

— Gelin götüreyim sizi. Biz eve hep avludan gireriz.

Jef atı ahırlara doğru kendi başına yolladıktan sonra çit boyunca yürümeye başladı. Edmée'nin bacaklarını dikenler dalıyordu. Gözleri iyi seçmiyordu. Oğlan kapıyı açınca kırmızı bir aydınlıktan başka bir şey göremedi. Hemen o anda zayıf, kuru bir kadın deli gibi üstüne atıldı, bağıra çağıra Flamanca bir şeyler söyleyerek onu bağrına bastı, yüzünü gözyaşlarına buladı.

Edmée kımıldamadan dimdik duruyor, kadının omuzunun üstünden ocak ateşiyle aydınlanan mutfağa bakıyordu. Orada burada taburelerin üstüne oturmuş, gözlerini yere dikmiş, ağlayan küçük kızlar, küçük gölgeler seçiliyordu.

Mutfağın ekşi süt, domuz yağı, yanmış odun karışık kokusu Edmée'nin genzine doluyordu.

Kadın şimdi kızı bırakmış, aynı acıklı sözleri kekeleyerek Jef'in boynuna sarılmıştı. Kapı açık kalmıştı. Gece, mutfağa yağmur suları savuruyordu. Yanan bir kütük birdenbire düştü. Koca kafalı delikanlı gözlerini önünden ayırmıyordu.

— Babam!... diye mırıldandı.

Sonra teyze kızına dönmeden:

— Babam ölmüş! dedi, siz yoldayken.

～～ ～～

Üç gün bir kargaşalık içinde yaşadılar. Yağmur, çamur eksik değildi. Tımarhaneye dönen evin içinde rüzgardan durulmuyordu. Yalnız Edmée, durgun ve soğuk, her şeyi gözden geçiriyordu.

Eniştesini sağlığında hiç görmemişti. Ölüm yatağında ona merakla bakıyor, kırmızı bıyıklarının bu kadar uzun oluşuna şaşıyordu. Teyze çocuklarının en büyüğü Fred'le ölü odasında tanıştı. Ağlamıştı Fred. Kalın dudakları, dik, tarak düşmanı ve briyantinli vıcık vıcık saçlarıyla biçimsiz yüzü, mumların oynak ışığında daha da biçimsiz görünüyordu.

Fred yirmibir yaşındaydı, teyze kızını Kanallar'a getiren Jef ondokuz. Bir de Mia vardı, kardeşleri, onyedi yaşında. Mia aşağıda çocuklara yemek yediriyordu. Ondan sonra, en küçüğü beş yaşında, üç kız çocuğu geliyordu.

Anaları evin içinde durmadan dolaşıyor, bazen Mia'nın, Jef'in yanına gidiyordu. Ağlamıyor, biteviye sesiyle Flamanca yanıp yakılıyor, anlamadığına bakmadan Edmée'ye de aynı acıklı şeyleri söylüyordu.

Daha ilk baştan Edmée bu heyecan gösterilerinden kaçındı. Teyze kızları çekingen bir merakla yüzüne baktıysalar da onlarla konuşmadı. Karnı acıkınca yemek istemedi. Akşam sekizde bir kase çorba içti.

Eniştesi bir kaza yüzünden ölmüştü. Uzun zamandan beri kesmeyi düşündükleri bir inek, sekiz gün önce, kalçasından süsmüştü onu. Yara derin değildi. Adam üç gün topallamış, derken yatağa düşmüştü.

Doktor çağırmışlardı, ama iş işten geçmiş, kangren bütün vücuda yayılmıştı.

Edmée hiç görmeyecekti eniştesini. Ama bundan böyle ötekilerle birlikte yaşayacaktı. Soğuk soğuk gözden geçiriyordu hepsini.

Annesi onu doğururken ölmüştü. Brüksel'de doktorluk yapan babası kızını onaltı yıl şımartmış, derken o da ölmüştü. Edmée yoksuldu. Bu yüzden vasisi Neroeteren'e, eniştesinin yanına göndermişti onu. Ailede söylendiğine göre, hiç görmediği bu eniştenin, Campine'de yüzlerce hektar toprağı vardı.

Eniştesinin soyu sopu şimdi çevresinde ağlaşıyor, yuvaları yıkılmış karıncalar gibi kaynaşıyordu. Neden lambaları yakmıyorlardı sanki! İnsanın canını asıl bu yarı karanlık sıkıyordu. Her şey boşluğun içinde kayboluyor, insanları seçmek için gözbebekleri alabildiğine açılıyordu.

Yalnız yazıhanede pembe abajurlu bir gaz lambası yakmışlardı. Evin anlatılmaz kokusuna burada pipo ve mor mürekkep kokuları karışıyordu. Çocukların büyüğü Fred, masanın başına oturmuş, büyük bir dikkatle, çekilecek telgrafları yazıyordu. Arada bir kapıyı aralıyor, annesine ya da erkek kardeşine bir şeyler soruyordu.

Geceyarısı, arabayla yola çıkmak yine Jef'e düştü. Edmée delikanlının cebine külde pişmiş, dumanı üstünde, sıcak patatesler doldurulduğunu fark etti. Mia küçükleri yatırdıktan sonra Edmée'ye yaklaştı, ezberlemiş gibi:

— Size isterseniz odanızı göstereyim kardeşim, dedi.

Oda mumla aydınlanmıştı. Tavan eğimli, yatak çok yüksekti. Yatağın üstünde kalın bir ayak örtüsü duruyordu. Gece evin gürültüsü hiç eksilmedi. Bir ara arabanın döndüğünü duydu Edmée. Kalktığı zaman, aşağıda tanımadığı insanlarla karşılaştı. Çok uzun boylu, iriyarı, durgun, ötekilerden daha kibar tavırlı, ellilik bir adama gözü takıldı Edmée'nin. Fred ona Flamanca bir şeyler söyleyince adam:

— Bertha'nın kızı sensin demek! dedi.

Ne elini uzattı, ne de öptü. Tepeden tırnağa sevgiyle süzdü Edmée'yi.

— İnşallah kardeşlerinle anlaşırsın! Soyumuzda, bir haftanın içinde bu ikinci ölüm.

Maeseyck'teki Louis dayıydı bu. Bir sigara fabrikası işletiyordu. Edmée Brüksel'de aile resimlerinin içinde onun resimlerini çok görmüştü. Ailenin bu kolu üstüne, masala benzer birtakım öykülerden başka bir şey bilmiyordu. Flamanca konuşan teyzeyle Louis dayı kardeşleriydi annesinin. Ama annesi Limbourg'da hiç oturmamış, Brüksel'e yerleşmişti. Soyundan sopundan seyrek söz açardı.

Dayısı:

— Sen şimdiden yas giysilerini giymişsin, dedi; bütün kardeşlerine de giydirmemiz gerek.

Louis dayı çocukları aldı, modası geçmiş on kişilik otomobiliyle Neroeteren'e götürdü. Edmée de vardı aralarında. Yayvan bir evin mutfağına girdiler. İskemlelerin arkalıklarında tavuklar gördüler. Elli yaşlarında kuru bir kadın dikiş makinesiyle dikiş dikiyordu. Haberi duyunca yandı yakıldı; kızları da, kendini geriye doğru çeken Edmée'yi de öptü, ölçü aldı, kumaş örnekleri, sararmış modeller gösterdi.

Sokakta yaşlı kadınlar çocuklara sarıldılar. Edmée'yi merakla süzdüler.

Louis dayı o gece Kanallar'da yattı. Ertesi gün yeni ziyaretçiler geldi. Daha ertesi gün cenaze töreni yapıldı.

Edmée artık gün ışığında görmüştü çiftliği. Ev büyüktü. Bir de büyük salonu vardı. Köy papazıyla Maeseyck'ten gelen kürklü bir adamı bu salona aldılar.

Ama Edmée salonun hemen yanıbaşındaki kahveyi görünce şaşırdı. Bütün köy kahveleri gibi salaştı. Bunun gerekli bir şey olduğunu sonradan anladı. Çiftlikte çalışan arabacıların başka yere gidip içmeleri olanaksızdı. Sadece çiftliğin topraklarından geçmek iki saat sürüyordu.

Sıra sıra kavaklar dikilmiş, deniz yüzeyinden alçak topraklardı bunlar. Seyrek bir iki karaçam ormanı, kanalın yüksekte kalan çizgisi, çayırların üstünde yüzen mavnalar.

Cenaze töreni unutulmayacak kadar iyi oldu. Saat sekizden sonra evin çevresinde çeşit çeşit biçimde elliden fazla araba, bir düzine kadar da otomobil birikti. Jef gece fırında ekmek pişirmiş, son dakikada yıkanmış, siyah giysiler giymişti. Fred gelenleri ağırlıyordu. Mia'ya gelince, üstü tencere dolu fırının bulunduğu mutfakta, yaşlı bir hizmetçiyle çalışıyordu.

Çocuklar ayak altındaydı. Onları itip kakıyorlardı. Herkes Flamanca konuşuyor, herkes yanıp yakılıyor, kadınlar başlarını omuzlarına doğru yatırıp ellerini bağlayarak:

— İsa, Meryem! deyip duruyorlardı.

Fred erkekleri yazıhanesine götürüyor, orada onlara bira ikram ediyordu. Edmée'yi tanıştırdıkları kimseler acımış gibi başlarını sallıyorlardı.

Papaz saat dokuzda geldi. Yağmur dinmek bilmiyordu, ama artık ince ince yağıyordu. Cenaze töreni başladı. Papaz da, diyaskoslar da herkes gibi şemsiyelerini açmışlardı. Diyaskosların çiğ beyaz giysileri, kırda martı kanadı gibi çırpınıyordu.

İlahilerle ayak sesleri yavaş yavaş duyulmaz oldu, artık akşam yemeğini hazırlamaktan başka işi olmayan kadınlar, çocuklarla yalnız kaldılar. Elli kişilik bir yemek, dile kolay. Masaları bir şeyler ekleyerek uzatıyorlardı. Neroeteren'den ödünç iskemleler getirmişlerdi. Elma turtaları kıvamını bulmadığı için Mia iki kez, iki göz iki çeşme boşandı, bereket son dakikada bir mucize olmuş gibi katılaşıverdi turtalar.

Sofrayı kurmak Edmée'ye düşmüştü. Yemek odasına dönüştürülen büyük salonda, karanlık yüzlü sofranın çevresinde tek başına dönüp dolaşıyordu. Derken teyze kızlarının en küçüğünü giydirdi. Kızı ellerinden geldiği kadar yatakta tutmuşlardı.

Erkekler saat bire doğru dönebildiler. Soluklarından köy meyhanesinde bir iki tek attıkları belli oluyordu. Fred ev sahipliğini takınmış, tütün çanağını, sigara kutularını elden ele dolaştırıyordu.

Kadınlarla kızlar, yemeklerini mutfakta yediler, durmadan bir iş çıktığı için ikide bir yemekten kalktılar.

Misafirlere eski bir şarap ikram etmişlerdi. Saat dörde doğru Edmée lambaları yakmak için salona girdiğinde hava dumandan masmavi kesilmişti. Misafirlerin çoğu iskemleyi geriye yıkmıştı. Açık hava, arkasından iyi bir yemek, yüzleri kızartmıştı. Beyaz yakalıklar bu kırmızılığı büsbütün meydana çıkarıyordu.

Salonda bir rahatlık, bir dostluk, bir iyimserlik havası esiyordu. Masanın üstünde, tabla haline getirilen kirli tabakların arasında en azından on tane sigara kutusu vardı.

Erkeklerin birçoğu gözleriyle zayıf ve sinirli silüetini takip ederken, Edmée üç lamba yaktı, sonra, teyzenin yeni gelen bir kadına, ağlayarak dertlerini anlattığı mutfağa döndü.

Saat sekizde, Louis dayının otomobiliyle son davetli de gidince, ev bomboş kaldı. Fred, gözleri çakmak çakmak, darmadağın salonu arşınlarken şişkin dudaklarıyla sonuncu sigarasını içiyordu. Edmée'yi gördü:

— Güzel bir cenaze töreni, dedi. Kentin bütün ileri gelenleri gelmişti. Maeseyck belediye başkanı bile vardı.

Gözleri teyze kızının bedenindeydi. Göğsünü şişiriyor, hızlı hızlı soluyordu. Ne de olsa testi testi ardıç likörü içmişlerdi.

— Seninle ikimiz anlaşacağız gibime geliyor.

Gülümsedi, sonra kilitlemek için sigaraları kaldırmaya başladı. Sigaraları kilitlemek gelenekti bu evde.

Misafirler gitmişti. Ölü gitmişti. Kızlarla hizmetçi mutfakta bulaşık yıkarken ötekiler ayaklarını ateşe uzatmışlar, cenaze töreninin girdi çıktısını, papazın vaazını, Çiftçiler Sendikası başkanının mezarın başında çektiği söylevi anlatıyorlardı.

Teyze dinliyor, burnunu siliyor, biraz ağlıyor, sonra yeniden bir şeyler soruyordu.

Bulaşık geceyarısı bitti. Herkes gidip yattı. Rothen panayırına iki dana götürmek zorunda olan Jef dışında. O da kır atı arabaya koştu, tek başına gecenin içine daldı. Araba sarsıldıkça danalar, arkada dengelerini kaybediyorlardı.

II

Edmée'nin de, Mia'nın da notere gelmesi kararlaştırılmıştı. En küçükleri, ayaklarında saboları, başlarında kara başlıkları, ecinniler gibi okula gidince, Mia giyinmek için odasına çıktı.

Sağlam yapılı, iri kemikli bir kızdı. Yüzünde gözünde bir biçimsizlik vardı, ama neydi pek anlaşılamıyordu. Bütün aile böyleydi zaten. İki omuzunun yüksekliği tıpatıp bir miydi, değil miydi? Yoksa burnu mu eğriydi? Aykırılık gözle görülmeyecek kadar azdı, ama kıza yontulmamış, kaba bir hal vermeye yetiyordu.

Sabahları herkesten önce kalkardı; hizmetçi mutfakta ocakla fırını yakarken küçükleri giydirirdi. Domuz yağını kalın kalın dilmek, yağlar tavada kızaradursun, sulu kara buğday hamurunu kepçe kepçe dökmek de onun işiydi.

Delikanlılar çöreğin sıcak kokusu evin içini tutunca uyanıyorlardı. Onlar aşağı inerken üç küçük, yeni ağarmış günün alacakaranlığında okula doğru yola çıkardı.

Ama bu sabah öteki sabahlara benzemiyordu. Herkes odasında giyiniyor, teyze koridorda, siyah ipek bluzunun düğmelerini iliklemesi için birini çağırıyordu. Mia, Edmée'nin odasına girdi, yıkanmaktan yüzü kızarmış, saçlarını çekerek arkaya taramıştı.

— Kardeş, dedi, bu saçlar bana iyi gitmiş mi?

— Gitmiş! dedi.

— Sahi mi? Hoşuma gitsin diye söyleme.

Bu arada koridorda bir kapı açıldı. Fred göründü. O da kıpkırmızıydı. Saçları briyantinlenmiş, önü kolalı beyaz bir gömlekle göğsü gerilmişti. Öfkeliydi. Mia'ya lekeli bir yakalık fırlatarak Flamanca çıkıştı. Kız da ona aynı sertlikle cevap verdi. Derken bir kardeş kavgası başladı. Mia yapılması istenen bir şeyi yapmaktan kaçınıyordu. Fred diretiyordu. Birdenbire kızkardeşine öyle bir tokat attı ki, kızın soluğu kesildi, bir zaman ağlamadan kalakaldı.

Sonunda giysisini paralar gibi çıkardı, yerden yakalığı aldı, ağabeyi odasına girerken, kombinezonla aşağıya indi.

Edmée de aşağı indiği zaman Mia, sırtında pembe kombinezonu, mutfakta başka bir yakalık ütülüyordu.

෴ ෴

İki sırası da öne bakan dört tekerlekli arabaya bindiler. Arabayı Jef koşmuştu. Ötekiler gibi o da yeni giysiler giymişti. Muşamba yakalığı, yüzüne hiç gitmeyen İskoç yününden yapılmış kasketi kafasını büsbütün irileştirmişti. Dizginleri Fred aldı eline. Annesi yanına oturdu. Yüzündeki tülden, ellerindeki eldivenden sıkılmıştı, tek kelime söylemedi, kımıldamadan öylece durdu.

Son günlerde yağan yağmurlar dinmişti. Rüzgarlar kuzeydoğudan esiyor, daha çiğ, daha beyaz, daha soğuk bir aydınlık, manzarayı kaskatı kavrıyordu. Fred, teyze kızma dönerek:

— Sekiz güne kalmaz kar yağar, dedi.

Kışın yaklaştığı belliydi. Eldivenlerin içinde parmak uçları donuyor, herkes durmadan burnunu siliyordu. Alçak, kasvetli evleri, sivri taş döşeli yollarıyla kanalın kıyısında küçük bir Flaman köyü olan Neroeteren'i geçtiler.

Toprak hep aynı şekilde düzdü. Bir iki çam ormanı bir yana, manzarayı dikdörtgenlere bölen kavaklardan başka ağaç yoktu.

Maeseyck'te noterin önünde teyze Fred'in koluna girdi. Louis dayı daha önce gelmişti. Salonda, elinde bir sigara, küçük bir kadehte Schiedam[1] içiyor, noter, bu papaza benzeyen şişman ve yumuşakbaşlı adam, ona aşırı bir saygı gösteriyordu.

Dayısının keçi derisinden ince ayakkabılarına, güzel kesilmiş giysisine gözü takıldı Edmée'nin. Sözünü dinletmeye alışmış bir adam edasıyla konuşuyordu.

Bir tümceyi güçlendirmek için söylenen bir iki Fransızca sözcük bir yana, bundan sonra hep Flamanca konuşuldu.

Eşyalar öylesine pırıl pırıl, her şey öylesine temiz ve parlaktı ki, salon bir manastırın ziyaretçi odasını akla getiriyordu. İnsan maun masada kendini görebiliyordu. Duvarda iki kocaman papaz fotoğrafı asılıydı. Noterin çocuklarıydı bunlar.

Noter birtakım belgeleri ağır ağır okuyor, zaman zaman anlaştıklarından emin olmak için, Louis dayıya bakıyordu. Fred dikkatle dinliyor, bazen bir tümceyi tekrarlatıyor; Jef ilgisiz, kasketini çekiştiriyordu.

---

[1]   Bir Hollanda içkisi.

Anneleri var mı, yok mu belli değildi, tıpkı arabadaki gibi, evdeki gibi. Bu kadında kendini çevresindeki her şeyden soyutlama, tarafsızlaşma gücü vardı. Böyle zamanlarda, dudaklarında nazik, acıklı bir gülümseme, dimdik, gerekirse saatlerce kalabilirdi. Yüzü gözü anlatılmaz olurdu. Silik bir genel görünümden, uysal, cansız gözlerden, herkese hak veren bu gülümsemeden başka bir şey görünmez olurdu dışarıdan.

Olup bitenlerden hiçbir şey anlamayan Edmée, daha çok Fred'le Jef'i gözden geçiriyor, ikisinin arasında karşılaştırmalar yapıyor, Jef'in alt dudağındaki yara izine, Fred'in boynunda, herhalde bir çıbanı gizleyen yakıya bakıyor, ufak tefek şeyler üstünde duruyordu. O yakalık kavgası, derken Mia'nın evde kalışı, bu çıban yüzünden değil miydi acaba?

Erkekler heyecansız, uzun uzadıya konuştular aralarında. Kâğıtlar elden ele dolaştı. Sonunda herkes kalkıp imzasını attı. Elinde kalemi nasıl tutacağını bilemeyen Jef bile attı imzasını. Fred'e gelince, öyle hoşnut bir hali vardı ki, Edmée delikanlının durumunda bir değişiklik olduğunu anladı.

Öğle yemeğini Louis dayıda yediler. Louis dayı karısıyla yalnız yaşardı. Elli yaşlarında, tatlı, şişman, bembeyaz saçlı, güzel bir Flaman kadınıydı bu. Evleri noterin evi kadar temiz, üstelik ondan daha dayalı döşeliydi. Sofrada Fred, Edmée'ye durumu anlattı.

— Miras sorunu çözüldü, dedi. Çiftliğin aramızda bölünmesini istemediği için babam, kardeşlerime paylarından vazgeçmelerini vasiyet etmiş. Öte yandan ben de onlara babalık etmeyi üzerime alıyorum.

Jef her zamankinden daha mı durgundu? Yeni giysileri

onu büsbütün kabalaştırdığı için kestiremiyordu bunu.

Yemekte güvercin yediler. Edmée sonradan sebepsiz yere anımsadı bunu. Yemeğin sonunda teyze biraz daha ağladı, sonra da arabaya bindiler. Dönüş de gidiş gibi sessiz geçti. Gece oluyor, Edmée incecik mantosunun altında titriyordu. Neroeteren'i geçince, okuldan dönen küçüklere rastladılar. Arabada yer olmadığı için, manzaranın bomboş sonsuzluğu içinde ilerleyen bu üç kukuletalı gölgenin yanından geçip gittiler.

Evde Edmée'yi hoşuna gidecek bir şey bekliyordu. Eşyaları gelmişti.

Doğrusu bunlara pek eşya denemezdi. Birbirini tutmayan tuhaf şeylerdi. Babası ölünce, bunların alıkonması kararlaştırılmış, gerisi vasinin öğüdüne uyularak satılmıştı.

Önce yemek yediler. Akşamları hep çorbayla soslu patates yerlerdi. Kesilmiş süt suyuyla yapılan sosun kokusu saat altıdan sonra evin içini kaplardı. Salonun lambasını Fred yaktı. Sandıklarla bavullar buraya bırakılmıştı, Edmée'ye:

— Sana yardım edeyim, dedi.

Ötekiler yeni giysilerini çoktan çıkarmış, rahatlamışlardı. Ama Fred'in üstünde hâlâ kara pantolonu, kolalı gömleği, uçları kıvrık yakalığı vardı. İlk sandık açılınca, herkes çevresine üşüştü. Teyze bile, Fred'den kaçınmaya çalışan Mia bile geldi.

Brüksel'de dağınık bir evin içinde yığılı duran bu eşyalar burada, bu değişik havada, birer birer ortaya çıktıkça bambaşka görünüyordu göze. Edmée'nin annesinin resmi, kırmız kadife bir çerçeveye konmuştu. Mia resme uzun uzun baktıktan sonra:

— Güzel kadınmış, dedi.

Herhalde oradakilerin hiçbirine benzemiyordu. Edmée'ye de benzemiyordu. Çok ince bir yüzü, uzun, bükülebilen bir boynu vardı. Mia:

— Aman ne güzel giysi, diye bağırdı.

Artık sandıktan ne çıksa bir ağızdan bağırıyorlardı. Hele Edmée'nin babasının ameliyat takımları Fred'i çok ilgilendirdi. Nedendir bilinmez, kızın vasisi bunu da eşyaların arasına koymuştu. Fred bu mücevher gibi parlak, ince aletleri kalın parmaklarıyla evirip çeviriyordu.

— Ne yapacaksın bunları?

Gözleri parlıyordu. Onun da bir şey yapacağı yoktu ama, kadife yuvalarının içine yatırılmış bu çelik aletlere dokunmaktan hoşlandığı belliydi. Edmée hiç yanıt vermeden takımları aldı elinden.

Küçük bir kutunun içinden altın yüzükler, değersiz eski mücevherler çıktı; üstlerindeki en pahalı taş, yakuttu.

Mia bu yüzüklerden birini parmağına geçirince, Edmée aynı umursamazlıkla yüzüğü kızın elinden çekip aldı.

Edmée teyze kızlarının, teyze oğullarının gözünde büyümüş, eşsiz bir varlık haline gelmişti. Mia küçükleri iterek uzaklaştırmaya çalışıyor, ama o da, ötekiler gibi, bu eşyaları görmeye, ellemeye can atıyordu. Hele sıra giysilere gelince ilgisi büsbütün artmıştı. Aralarından birini, küçük fırfırlı, gök mavisi saten giysiyi Edmée geçen yıl, okulu bitirdiğinde giymişti ilk kez. Onu giymesini istediler.

— Daha sonra, yasım bitince, dedi.

Daha neler vardı! Kristal şişeleriyle bir yol çantası, elde işlenmiş bir piyano örtüsü, armağan olması gereken bronz bir kupa. Bir sandıktan kalın tıp kitapları çıktı. Bunların içi, mavi, kırmızı, sarı, anatomi resimleriyle doluydu. Fred:

— Bunları ne yapacaksın? diye sordu.

— Benim bunlar.

— Kütüphaneye koysak!

Fred'in kütüphane dediği, yazıhanesinde duran bir dolaptı. İçinde çocuklara verilmiş okul armağanlarından, tek tük fasiküllerden, eski dergilerden, başı sonu eksik bir iki kitaptan başka bir şey yoktu.

— Olmaz! Odama götüreceğim bunları.

Teyze araya girdi, Flamanca:

— Karışma Fred! dedi. İstediğini yapsın.

Edmée eşyalarını yerli yerine, sandıklara, bavullara koydu. Yine de, biraz soğukça, düşüne taşına, bir ikisini armağan etti. Mia'ya içinden dinsel resimler dökülen bir dua kitabı verdi. Ama resimler o kadar çoktu ki, yarısını da küçüklerin arasında bölüştürdü. Bu iş de bitince:

— Bunların hepsini odamda isterim, dedi.

Jef bir köşede, içine kapanmış, bir tahta parçası yontuyordu. Edmée delikanlıya seslendi:

— Jef, eşyalarımı yukarı çıkarır mısın?

Sonra Jef'in telaşına, beceriksizliğine güldü. O gece Mia mavi saten giysiyi, küçük kutudaki yüzükleri rüyasında görmüş olmalı.

∽ ∽

Ertesi gün Fred bir iş için Hasselt'e, belki oradan da Brüksel'e gideceğini söyledi. Edmée eniştesini tanımamıştı, ama Fred'in artık onun yerine geçtiğini anlıyordu. Eskiden, babasına gösterilen saygıyı şimdi yavaş yavaş Fred'e göstermeye başlamışlardı.

Bundan böyle Fred'in evin büyüğü olduğu, teyzeden, teyzenin uysallığından da belli oluyordu. Kimse Fred'e yolculuğu konusunda bir şey sormadı. Mia ona üç gömlek ütüledi, giyinmesine yardım etti. Jef kır atı koştu. Fred yola çıkacağı sırada herkese çiftliğin bakımıyla ilgili emirler verdi. Denizden kazanılmış geniş toprakları içine alıyordu çiftlik. Deniz yüzeyinden alçak kumlu topraklar, bentlerle ve bir sürü kanalla çevrilmişti. Kanalların arasında bölmeler vardı. İsteğe göre açılıp kapanan kapaklarla toprağın her yanı sulanabiliyordu.

Hayvanlar için biraz pancar ekiliyordu. Otuz kadar inek vardı; sonra da tavuklar, kazlar, hindiler. Ama çiftliğin asıl ürünü, ilkbaharda trenler dolduran samandı. Kanallar demek saman demekti.

Evde, ahırların yanındaki kulübede yatıp kalkan yaşlı bir kâhyayla karısından başka kimse çalışmıyordu. Çiftlikte yer yer başka kulübeler, bekçi kulübeleri yükseliyordu. Her bekçinin kolladığı yer ayrıydı. Bunlar her cumartesi emir almaya, para almaya gelirlerdi.

Aralık ayının çiğ aydınlığında çayırlar sonsuzmuş gibi görünür, çiftliği ikiye bölen dümdüz kanal, amansız bir geometriyle manzaraya büsbütün bir ağırlık verirdi.

Jef Neroeteren'den sabahın saat onuna doğru döndü. Fred'i trene götürmüştü. Edmée, Jef'in atın koşumlarını çıkardığını, sonra da arabadan bir şey alarak avlunun ucundaki alçak bir yapıya doğru gittiğini gördü. Fırının bitişiğinde, gelişigüzel çatılmış, herhalde eskiden arabalık olarak kullanılan bir yapıydı bu. Hâlâ içinde çalı çırpı demetleri, bir tırpan, bir tabure ve ipler duruyordu. Teyze oğlunun hemen ardından Edmée de içeri girdi. Jef arkasını dönmüş ocağın önüne çömelmişti. Ocakta çam kozalakları yanıyordu.

— Ne yapıyorsun? diye sordu Edmée.

Jef önce elindekini saklamak istedi, sonra vazgeçerek biraz çekildi. O zaman Edmée yerin tozlu taşları üstünde, göğsü bıçakla yarılmış küçük bir hayvan ölüsü gördü.

— Nedir o?

— Sincap.

Jef badanaları dökülmüş duvarı gösterdi. Duvarda, ayakları ayrılarak tahtalara çivilenmiş, güzel, uzun kuyrukları aşağıya doğru sarkan, yirmi kadar sincap postu vardı.

— Ne yapılır bunlardan?

Delikanlı omuzlarını silkti. Külün altında pişen patateslerden birini elindeki bıçakla çekti.

— Hiçbir şey. Bilmiyorum.

— Çok var mı sincap?

— Bu sabah iki tane gördüm, ama birini kaçırdım.

Edmée ayaktaydı, Jef çömelmiş. Genç kız bilmediği bir heyecanla, göğsünü daraltan bir bunaltıyla kaskatı kesilmiş, yukarıdan aşağıya bakıyor, ama bu heyecandan kurtulup gitmek de istemiyordu.

— Sen işine bak.

Jef sincabı yüzmek için bıçağı eline aldı. Ucuyla hayvanın

bağırsaklarını çıkarmaya başladı.

Koca elleri kan içindeydi. Edmée yerinden kıpırdamamıştı. Ama deri kaymaya başladıktan sonra, incecik, mavimtırak ikinci bir deri meydana çıkınca, kapının pervazına tutunmak zorunda kaldı.

Jef bocalamıyordu. Yüzünün biçimsiz çizgileri de kıpırdamıyordu. Eski bir giysi, yakalıksız bir gömlek giymişti. Sabolar vardı ayağında. Ama daha iyiydi böyle, yeni giysilerini giyince daha çirkin oluyordu.

— Bir patates ister misin? İçini ısıtıyor insanın.

Hayvanı yüzdüğü eliyle bir patates uzattı. Edmée neden aldığını bilmeden aldı patatesi. Midesi bulanmıştı, yine de yendi mide bulantısını. Patatesin küllü kabuğu üstünde bir kırmızılık görünce titredi. Jef ona bakmadan, tahtanın köşesine postun ayaklarından birini çiviliyordu. Başı ateşe o kadar yakındı ki, saçından bir iki tel çıtırdayarak yandı.

Edmée, gözleri ileride bir noktaya dikili, patatesi dişledi. Lokma dilinin üstünde kaldı, yutamadı. Kudurmuş gibi bağırarak patatesin gerisini fırlattı; sanki geceyarısı dışarıda birdenbire büyük bir korkuya kapılmış gibi, görünmez bir kazadan kaçıyormuş gibi eve kadar koştu.

Ancak mutfağa girince ağzındaki patates parçasını tükürebildi. Pencerenin yanında dikiş diken Mia ona şaşkın şaşkın bakıyordu.

— Neyin var?

— Hiç!

Konuşmak istemiyordu. Deli gibiydi. Ocağın başına geçti, çenesi kollarına gömülü, kımıldamadan durdu, gözbebekleri yanıncaya kadar ateşe baktı.

Bir an bütün gücüyle duyduğu o heyecanı, su yüzündeki halkalara benzeyen ve gittikçe hafifleyen dalgalar halinde hâlâ duyuyordu. Birdenbire bir titremeye tutuluyor, arada heyecanını azaltmak için kollarını sıkıyor, bacak bacak üstüne atıyordu.

Hepsinden daha hafif olan sonuncu sarsıntıyı da geçirince, sincabı düşündü. Yeniden titreyeceğini sanıyordu, oysa her yanı bir gevşeklik içinde öylece kesildi kaldı.

Öğle yemeğine oturuncaya kadar ağzını açmadı. Sofrada gözlerini kaldırıp Jef'e baktı. Jef ellerini yıkamamıştı bile.

— Jef, o derileri bana verir misin? Bir kürk yapmak istiyorum kendime.

— Yetmez ki o kadarı.

— Başka da bulursun.

Mia:

— Ne derisi bunlar? diye sordu.

— Sincap.

— Sincap derisinden kürk yapılmaz ki!...

Edmée sapsarı, her yanı gergin, genç kıza döndü:

— Ya ben sincap derisinden bir kürk yapmak istiyorsam?

Fransızca bilmeyen teyze onlara bön bön bakıyordu. Hep bir felaket bekliyormuş gibi duruyor, küçüldükçe küçülüyor, kaderi yolundan çevirmek ister gibi, belli belirsiz gülümsüyordu.

Teyzenin dokuz çocuğu olmuş, üçü ölmüştü. Kırkbeş yaşından fazla yoktu. Göğsü tahta gibi dümdüzdü. Jef'e, utana sıkıla, Edmée'nin ne dediğini sordu. Sincap kürkü ona da anlatılınca, Edmée'ye hak veriyormuş gibi gülümsedi.

Sofraya örtü örtmüyorlardı. Jef, iki dirseği masada, yayıldıkça yayılıyor, üçüncü tabak çorbayı bitiriyordu. Çocuklar öğle yemeğine gelmezler, okulda tereyağlı, reçelli ekmek yerlerdi. Mia sessizliği bozmak için:

— Sen hiç dikiş dikmez misin? diye sordu.

— Nefret ederim dikiş dikmekten.

— Biz burada hep dikecek bir şey buluruz. Ben şimdi önlük dikiyorum.

Edmée ona sert sert baktı, çünkü Mia'nın aklından geçenleri anlıyordu. Dikiş dikmeyecekse, yemek pişirmeyecekse, ne yapacak bu kız? diye düşünüyordu herhalde.

— Ben babam gibi doktorluk öğrenmek istiyorum.

— Doktorluk üniversitede öğrenilir. Neroeteren'de de üniversite yok.

— Kendi başıma öğrenirim! Dünya kadar kitabım var.

Öyle bir kestirip atmıştı ki, kimse üstünde durmaya cesaret edemedi. Edmée havadan konuşmadığını göstermek için yemek biter bitmez odasına çıktı, o koca kitaplardan biriyle döndü. Ocağın yanına yerleşti. Teyze bulaşığı yıkadı. Mia da pencerenin önünde dikiş dikmeye koyuldu.

Havanın karlayacağı gökyüzünden gittikçe daha çok belli oluyordu. Gök beyazdı beyaz olmasına, ama kirli bir beyazdı. Kapıların aralığından buz gibi bir hava sızıyordu. Jef, kasketi başında, bir tahta parçası yontuyordu.

— Ne yapacaksın onu?

— Tavşan avlamak için yeni bir icat.

— Anlatsana!

— Anlatamam, gelir görürsün.

Edmée elindeki tıp kitabını gelişigüzel açmıştı. Önündeki resim, kanserli bir adamın midesini gösteriyordu. Ne okumak istiyordu canı, ne bakmak. Ama bulaşık yıkamak da istemiyordu. Hele Mia gibi, küçük kırmızı kareli pamuklulardan önlük dikmek hiç işine gelmiyordu. Jef kapıyı itip çıkarken:

— Büyük bent kapağı tamir edilmiş mi, gidip bir bakayım, dedi.

Edmée de peşinden gitmek istiyordu, ama Jef onu çağırmadığı için gücenmişti. Kitabına dalmış gibi yaptı. Sözcükler gözünün önünden bir karartı halinde geçiyordu. Çam odunu ateşi, bedenine yayılıyor, bacaklarını yalıyor, yanaklarım kızartıyordu. Teyze tabakları dolaba yerleştiriyor, Mia zaman zaman sert pamukluyu çekiştiriyordu.

Masa iyice toplanınca teyze örgüsünü eline aldı, ocağın öbür başında, Edmée'nin karşısında, şal örmeye başladı. Yeğeniyle konuşamıyordu. Başını kaldırınca yüzünde acıklı, ama cesaret verici bir gülümseme beliriyor, Mia'ya bir iki cümle söylüyor, Mia ağzında iğneler olduğu için, tuhaf bir sesle yanıtlar veriyordu.

Ocaktan çıkan tekdüze sesler sürekli bir mırıltı halini almıştı. Dışarıda kuzeydoğu rüzgarı uçsuz bucaksız çiftliğe bütün gücüyle yükleniyor, kavakları hep aynı yöne eğiyordu.

Edmée sayfaları çevirmiyordu. Sincabı düşünüyordu. İsteyerek düşünüyordu sincabı. Ama sabahki ürpertiyi de, gittikçe azalan, sonunda belli belirsiz bir gerilme haline gelen o tuhaf dalgaları da duyamıyordu artık.

III

31 Aralık. Üç günden beri gökyüzü yeryüzünden daha karanlıktı. Evden ufka kadar her yer karla kaplanmıştı. O sabah artık kar yağmıyordu, ama uyanınca, camları buzdan nakışlarla kaplı bulmuşlardı.

Okulları tatil olan küçük kızlar ateşin yanında yere oturmuşlar, ağırbaşlı sözler söyleyerek, ellerindeki bez parçalarını alıp veriyorlardı birbirlerine. Oniki yaşındaki Bertha, yılbaşı çörekleri yapan annesine yardım ediyordu. İki saatten beri, hiç durmadan, kalıpları şekerli hamurla dolduruyorlardı. Zaman zaman biri geliyor, ızgaraların üstünde soğuyan çörekleri sevinçle sayıyordu.

Edmée bile on dakika kadar kalıpları doldurmuş, sonra bezmişti. Ne yapacağını bilmeden mutfakta dolaşıp duruyordu. Ocağa yaklaşınca yüzünü sıcak bir hava yalıyor, kapıya, pencerelere doğru gidince, aralıklardan sızan buz gibi esintilerin içine düşüyordu.

Üst kattaki odaları toplayan Mia merdivenden bağırdı:

— Edmée!

Mia odasında değildi. Edmée onu Fred'in odasında buldu. Gizemli, heyecanlı bir hali vardı.

— Fred hep yazıhanede mi? diye sordu.

Fred gerçekten yazıhanesine kapanmış, sabahtan beri kutlama mektupları, kartlar yazıyordu.

— Bak!

Mia kardeşinin en güzel giysisini fırçalarken cebinde, Edmée'ye uzattığı fotoğrafı bulmuştu. Bir kasaba fotoğrafhanesinde çekilmişti bu resim. Arkada kartondan bir sütun, külrengi gölgeler görülüyor, önde, serçeparmağı çenesinde bir kadın gülümsüyordu. Hâlâ gençti, ama şişman, bayağı bir şeydi. Hele bir göğsü vardı, irilikten, açık renk ipek korsesini patlatacak gibi germişti. Mia gülmekten katılıyordu:

— Demek Hasselt'e bunun için gidiyormuş.

Teyze kızına fotoğrafı geri veren Edmée, soğuk bir edayla:

— Ne çirkin şey! dedi.

— Bence çirkin değil. Fred çirkinlerle düşüp kalkmaz. Elini sallasa ellisi.

Bu oda bütün öteki odalarına benziyordu evin. Ayrıca pipo gibi, baston gibi eşyalar, oraya buraya asılmış giysiler, içinde bir erkeğin yaşadığını gösteriyordu. Mia odada rahatça dolaşıyor, şimdi de arkası giyilmekten parlamış bir pantolonu fırçalıyordu. Oysa Edmée içgüdüsel bir tiksinti duyuyor, burnuna erkek kokusu geldiği için, solurken burun deliklerini kısıyordu. Mia hayranlıkla:

— Bütün kadınlar ona vurgun, dedi. Hele Neroeterenli bir kız var, fırıncının kızı, Fred'i sadece uzaktan görmek için her pazar gelir, buralarda dolaşır. Sen de gördün, hani şu koca memeli kız...

Edmée odadan çıkmıyor, oysa bir şey onu rahatsız ediyordu. Yoksa Mia'nın iddia ettiği gibi, Fred sinirine mi dokunuyordu? Edmée geldiğinden beri Fred üç kez Hasselt'e gitmiş, her seferinde orada gecelemiş, ağzı kulaklarında dönmüştü.

Edmée'ye aldırış ettiği yoktu. Kadın mı, başka yerde istediği kadar buluyordu! Kalın dudaklı, parlak gözlü, gözle görülecek kadar sıcakkanlı bir adam, bir kadın düşkünüydü Fred. Edmée tıp kitaplarında çiftleşmekle ilgili yazıları göğsü daralarak okurken, her seferinde istemeye istemeye Fred'i hatırlıyordu. Mia kardeşinin eşyalarını düzeltirken:

— Fred'in yakışıklığına diyecek yok! diyerek kestirip attı.

— Bence değil. Bana sorarsan tiksindirirdi beni. Hem çok şişman.

Fred o kadar şişman değil, iri kıyımdı. Parlak, sıkı bedeni terler, erkek erkek kokardı.

— Kim bu gelen?

Dışarıda birinin bisikletini duvara dayadığı duyuldu. Birtakım konuşmalar işitildi. Mia kapıyı açtı, kulak kabarttı:

— Yaşasın! Kaymaya gidiyoruz, diye bağırdı.

Haberi çiftlik kâhyalarından biri getirmişti. Oysa bu kâhya kayak yapılan yerin tam tersine düşen bir yerden geliyordu. Beş dakikanın içinde ev halkı mutfakta kaynaşmaya başladı. Fred bile yeni yıl kutlamalarını bıraktı. Jef arabalıktan, ağır, yeşil bir kızak çıkardı. Artık ne yılbaşı çöreklerine, ne de soğuğa aldırış eden vardı.

Açılıp kapanan kapıların arasında esintiler oluyordu.

Bütün çocuklar arabaya doluştu. Ağızlarında küçük bir buğu bulutu vardı hepsinin. Çıplak yanaklar kıpkırmızı kesilmişti. Yumurcaklar arabanın darlığına bakmadan, alçak, ince çubuklu, tahta Hollanda patenlerini hemen ayaklarına geçirdiler.

Kayma haberinin gelişinde de, bundan sonra başgösteren

heyecanda da sarhoş edici bir şey vardı. Jef başını sallayan atı kamçılıyor, tekerlekler yerden, arabanın iki yanında uçuşan kar parçaları kaldırıyordu.

Kimi zaman külrengi gökyüzünden serseri bir kar tanesi düşüyordu. Edmée'nin siyah şalına da bir tane kondu. Edmée, başka giysisi olmadığı için, teyze kızları gibi giyinmişti. Büyük yün şalların iki ucu arkadan, bel üstünde düğümleniyor, böylece bedenin üst bölümü şişiyor, aşağısı yukarısına aykırı düşüyordu.

Bir Mia'nın şalı kırmızıydı. Ama daha önce boyandığı için, kırmızılığı biraz mora çalıyordu. Teyze bağlamıştı hepsinin şalını. Sırayla kızlarına yanaşmış, şallarının iki ucunu düğümlemişti. Ama Edmée dışarı çıkar çıkmaz şalını çözmüş, İspanyol kadınları gibi iki yanından sarkıtmıştı. Mia:

— Üşümüyor musun? diye sordu.

— Hayır.

Deriler gerilmişti. Gözler batıyordu. Köye az kala, birkaç hektarlık bir çayır gördüler. On santimetrelik bir suyla kaplıydı burası geçen hafta. Şimdi su donmuş, geniş bir kayak alanı meydana gelmişti. Şimdiden doluşmuşlardı üstüne.

Neroeteren'in erkekli kızlı bütün çocukları oradaydı. Hemen hepsinin de şalları arkadan bağlanmıştı. Çoğu patenle kayıyordu. Kimi de alçak kızaklara binmişti. İki demir çubuğun üstüne oturtulmuş tahta kasalardı bunlar. İçine çömeliyorlar, ellerindeki çubuklarla iki yandan iterek kötürümler gibi ilerliyorlardı.

Durur durmaz herkes bir yana uçuştu. Arabadan kızağı indirmek Fred'le Jef'e düştü. Sonra Jef de ayağına patenlerini takarak alana atıldı. Öyle sert, öyle hızlı gidiyordu ki, çocukları birer birer devirmemesi bir mucizeydi doğrusu.

— Bir denemek ister misin sen de?

Paten kaymasını bilmeyen Edmée kızağa bindi. Gerçek bir kızaktı bu. Edmée evlerinde, Hollanda malı bir kakao kutusunun üstünde böyle bir kızak resmi görmüştü. Resimdeki kızağın içinde oturan kadın kürkler giymiş, dizlerinin üstüne de iri bir manşon almıştı. Yanındaki erkek başına samur bir başlık geçirmişti.

Ne heyecanlı dakikalardı onlar! Uçar gibi gidiyorlardı. Edmée arkasında oturan Fred'i görmüyor, yalnız hızlı hızlı soluduğunu duyuyordu. Jef birdenbire üzerlerine doğru daldı, sonra tam zamanında yana kaydı. İki kez tek ayağının üstünde, kızağın çevresinde dolandı, derken ağzı kulaklarında başka bir yana savuştu. Ağzı o kadar büyüktü ki, böyle güldüğü zaman herkesten daha çok dişi varmış gibi geliyordu insana. Edmée cilveli:

— Çok ağır değil miyim? diye sordu.

Fred, kızak çok hızlı gittiği için duyamadı. Sakınarak kayan bir kızın yanından iki üç kez geçtiler. Bu, Mia'nın sabah sözünü ettiği koca memeli kızdı. Edmée kızağa istekle baktığını gördü kızın: Oralarda bu türden başka kızak yoktu. Elli yıl olmuştu Kanallar'a geleli. Bu yüzden herkes bilirdi bu kızağı.

— Yoruldun mu?

Fred durdu, yüzünü sildi. Hava soğuktu, ama yüzünden terler akıyor, sıcak bir sıvı gibi tütüyor, üstünden buğular çıkıyordu.

— Bekler misin beni biraz? Şurada bir kız var, onu da gezdireyim.

Edmée arkasını döndü. Fırıncının kızı hemen oracıkta, Fred'e hayranlıkla bakıyordu. Edmée hiç ses çıkarmadan indi, sakınarak buzu geçti, kayak alanının kıyısına dikilerek dikkatle alanı incelemeye başladı.

Jef bir, bir daha geçti yanından, hep öyle hızla, bir şeye saldırıyormuş gibi kayıyordu. Edmée onu dördüncü görüşünde:

— Jef, diye bağırdı.

Jef dönerek birdenbire durdu. Soğuktan, sinirden sapsarı kesilmiş teyze kızının yanına geldi. Kız soğuk, kesin bir sesle, bir dediği iki edilmeyen küçük bir tanrıça edasıyla:

— Canım sincap avına gitmek istiyor! dedi.

Jef bir alana, bir de alanın kuzeyindeki çam ormanına baktı.

— Köpeğimiz yok.

— Ben yardım ederim sana.

Jef'in burnunun ucunda bulanık, küçük bir damla sallanıyordu. Her solukta burun delikleri açılıyordu.

— Sen bilirsin.

Beşinci seferdir birlikte sincap avına gidiyorlardı. Her seferinde Edmée istemişti gitmeyi. Her seferinde de ölü hayvanı görünce kaskatı kesilmiş, tek kelime söylemeden eve dönmüştü.

Jef patenlerini cebine soktu. Ormandan bir sopa kesti, sincap aramaya başladı. Edmée ona bakmıyor, büyük kızağın durmadan kaydığı buz alanından gözlerini ayıramıyordu.

Üşüyordu, şalını açık tutmakla iyi etmediğini biliyor, ama aldırmıyordu.

Demek yalnız şişman kızları seviyordu Fred! Koca memeli kızları! O fırıncı kızının suratı gibi suratları! Yuvarlak gözlü, aptal bakışlı, kıpkırmızı dudaklı, ufacık, gülünç burunlu kızları!

— Hey!...

Edmée ancak Jef'in üçüncü bağırışında oğlanın yardımına gidebildi. Oysa öğrenmişti avı. Çam dallarının arasından sincabı görünce teyze oğlu, hayvanı çıplak bir yere yöneltmek için ağaçların gövdelerine sopasıyla vuruyordu. Sıkışan hayvan gizlendiği dalların arasından birdenbire çıkıyor, Jef de o zaman sopasını fırlatıyordu. Sopa hemen her seferinde yerini bulur, hayvanı cansız yere sererdi.

Edmée sincabın kaçış yolunu kapamak için koştu. Ama her şey olup bitmişti bile. Sopa uçmuş, sonra da düşmüştü. Tuhaf bir ses çıkarmıştı havada. Jef atıldı, çırpman kara bir şey aldı karların içinden.

— Sopayı burnuna yemiş, dedi.

Edmée ilk kez yakından görmek için sincaba yaklaştı. Sopa hayvanın ağzını kırmıştı. Burun tersine dönmüş, adeta sarkmıştı. Kanıyordu da. Hayvan ölmemişti daha, çırpmıyordu. Jef'in, gırtlağını sıkan parmakları, yavaş yavaş boğuyordu onu.

— Ver onu bana!

Son çırpınması henüz durmuştu hayvanın. Edmée her an biraz daha ağırlaşan, hâlâ sıcak sincabı, soluğu kesilerek aldı eline.

— Dişiymiş, dedi teyze oğlu.

— Hadi gidelim.

Sincabı bedeninin ortasından tutuyor, karnının seğirdiğini duyuyordu. Karın üstüne kanlar damlıyordu.

— Nereye gidiyoruz?

— Eve. Arabaya bineriz.

— Ya ötekiler?

— Arabayla gitmek istiyorum eve.

Jef karşı gelemedi. Sopasını fırıldak gibi çevirerek, kızın peşisıra yürüdü. At, karı açmış otluyordu. Arabanın gittiğini kimse görmedi. Yeşil kızak çok uzaktaydı, zor seçiliyordu. Edmée'yle Jef ön sırada birbirlerine sokuldular.

— Neden eve dönmek istedin?

— Bilmem. Kulübemizde sıcak patates yemek istedi canım.

Kulübemiz dediği avlunun ucundaki arabalıktı. Jef'in içi rahat değildi, sık sık geriye dönüp bakıyordu.

— Nasıl dönecekler?

— Yürüsünler, ne yapalım!...

Sincap dizlerindeydi. Şimdi iyice soğumuştu. Edmée de buz gibi olmuştu. Oysa göğsünde, özellikle de beyninde tuhaf bir sıcaklık duyuyordu.

Karın beyazlığı içinde her şey, kır at, arabanın okları, çamların yeşili bile kara görünüyordu. Tırıs gidiyorlar, bedenleri sallanıyor, sarsıntıdan kimi zaman çarpışıyorlardı. Edmée:

— Aslına bakarsan Fred öyle sağlıklı biri değil, dedi.

Jef'in ses çıkarmadığını görünce gözlerini hayvanın sağrısına dikerek:

— Eniştemin frengiden öldüğünü söyleseler hiç şaşmam, diye devam etti. Doktordu benim babam.

Jef şaşkın şaşkın kıza döndü.

— Neden?

— Frengiden! İşin doğrusu hepinizde bir bozukluk var. Kanınız bozuk, hasta. Mia söyledi, bacağının biri, kendini bildi bileli egzamalıymış. Fred'in hep bir yerlerinde bir sivilcesi olur. Soyunuzda iki yanı birbirine denk, doğru dürüst kafalı kimseye rastlamadım. Senin kafanın içi de su dolu.

Sinirleri gerilmiş, oğlana aldırmıyor, kendi kendine konuşuyordu. Ama bunları birinin duyması da hoşuna gitmiyor değildi. Üstelik inanıyordu söylediklerine. Teyzesinin çocuklarında en küçük bir yaranın, en ufak bir sıyrığın bile haftalarca kapanmadığını görmüştü.

Oysa o solgundu, kansızdı, ama onlardan daha çabuk geçiyordu yarası, beresi. Derisinde ne bir sivilce vardı, ne bir pürüz.

Onların her yanı pürüzdü. Burunları, küçük kızların bile çarpıktı. Burun delikleri denk değildi. Küçüklerden ortancanın hafifçe gözü kayıyor, hepsinin saçları tersine sürüyordu. Jef eve varınca:

— Sakın bunları anneme de, Fred'e de söyleme, diye homurdandı.

Avluya girmek için dolandı, atı koşumlarını çıkarmadan ahırın kapısına bağladı.

— Çok kızacaklar.

— Sen gel de ateşi yak.

Edmée kulübemiz dediği barakaya girdi, sincabı yere bıraktı. Bitkindi, yorgunluk içine işlemiş gibi, derinden derine bitkindi. Yine de herkese kafa tutacak gücü kendinde buluyordu.

Jef o ara mutfağa girdi. Herhalde bir şey söyleyecekti annesine. Mutfak uzaktı, ama çöreklerin kokusu Edmée'nin burnuna kadar geliyordu. Jef bir demet çalı çırpıyla döndü, yakmak için hazırladı:

— Aletlerin durduğu köşede patates vardır, diyerek kibriti çaktı.

Edmée'ye patatesleri getirmesini söylemek istiyordu böylelikle, ama kız üstüne oturduğu kütükten kıpırdamadı. Önce ince ince, mavi mavi başlayan, sonra gittikçe genişleyerek sararan alevlere bakıyordu. Soğuktan donmuştu.

— Ne dedi annen?

— Bir şey demedi. Çörek yapıyor.

— Onun da akıllı olduğunu sanmıyorum. Onun da egzaması var...

Jef kapıyı kapadı. Küçük pencereden sızan gün ışığı ocağın kırmızı parıltısında eriyip gidiyordu.

— Yüzeyim mi?

Artık önemsiz bir nesne haline gelen, kafası parçalanmış sincabı gösteriyordu Jef.

— Boşver, otur şöyle.

Jef oturur oturmaz Edmée sorular sormaya başladı.

— Hayvanları öldürmek sana dokunmuyor mu?

— Neden dokunsun?

— Ya daha büyüğü olursa?

— Bir yıl, bir yabandomuzu öldürmüştük.

— Ya hayvan değil de insan olursa!...

Edmée birdenbire sinirli sinirli güldü. Ateşe eğilmişti. Sıcaklık tepeden tırnağa bütün bedenini kaplıyordu. Jef şaşkın, susuyordu.

— Hanginiz daha güçlüsünüz, sen mi, Fred mi?

— Galiba ben daha güçlüyüm.

Kızın yanına yere oturmuştu. Bir ayı gibi cüsseliydi.

— O da sincap öldürür mü?

— Fred hep Hasselt'e okula gitti. Liège'de bir yıl, üniversitede bile okudu...

Yarım metrekareyi aşmayan pencereden kimi zaman sallana sallana bir kar tanesinin geçtiği görülüyordu.

— Korkar mısın ondan?

Bir sarhoşluk havası esiyordu, soğuğun, buz üstünde uçar gibi gitmenin, sincabın kafasından damla damla akan kanın verdiği bir sarhoşluk. Şimdi de onları reçine kokusuyla saran ateşin sarhoşluğu. Avlunun öte yanında teyze, renksiz giysilerinin içinde kupkuru, çörek kalıplarını sırayla ateşe sürüyor, çeviriyor, bir kepçeyle sulu hamur döküyor, nar gibi kızaran çörekleri ızgaraya diziyordu.

— Bir patates istedim senden.

Jef, külün altından unutulmuş bir patates çıkardı. Sincapları yüzdüğü, deştiği bıçakla patatesi soydu.

— Bana öyle geliyor ki, daha zor bir şey yapamazsın sen.

— Ne mesela?

— Bilmiyorum!...

Edmée'nin ağzı, patatesin sıcak hamuruyla doluydu.

— Tehlikeli bir şey! Küçücük bir hayvanı öldürmenin tehlikesi ne!

Jef soyunun en çirkiniydi. Ötekilerin derisinde Edmée'nin dediği gibi pürüzler, sivilceler, egzamalar vardı, yüzleri denk değildi, ama Jef baştanbaşa aykırılıktı, çirkinlikti. Biçimsizdi o, ama bir orman hayvanı gibi de kuvvetliydi.

— Tehlikeli bir şey mi? diye tekrarladı.

Edmée'ye bakmadı, gözlerini ocağa dikti. On santimetrelik bir uzaklık var yoktu aralarında. Üstelik bu on santimetrelik uzaklığın içinde sanki onları birleştiren akımlar, dalgalar gidip geliyordu.

Buz alanının soğuğundan sonra burası şimdi çok sıcak geliyordu onlara. Jef küle iki patates daha gömmüş, kurulmuş makine gibi sincabı yüzmeye başlamıştı.

— Ben, diyordu Edmée, olmadık şeyler yapabilecek, gözünü budaktan sakınmayan bir erkeği sevebilirim. Fırıncının kızı gibi bir kızdan korkan erkek beni sarmaz. Ne şişman, ne gevşek kız, aman yarabbi! Erkek dediğin öldürmeli ama sahiden öldürmeli, kellesini ortaya koyarak...

Jef bir eliyle sincabın başından tutmuştu. Öbür eliyle hayvanın derisini yüzüyor, deri sıyrılırken ipek sesine benzer bir hışırtı çıkarıyordu.

Uzun uzun sustular. Edmée iki patates yedi. İçinde hep soğukla sıcağın karışımını duyuyordu. Belki kapıdaki büyükçe bir yarıktan hava sızıyordu da ondan. Buzun üstünde kayıp giden yeşil kızak, yastıklara abanmış kız, gözünün önünden gitmiyordu.

— Fred yürüyerek döndüğü için fena kızacak!...

Başbaşa iki saat kaldılar. Arada bir konuştular. Yavaş yavaş içlerindeki sıcakla soğuğa başka bir şey daha karıştı: Korku. Yemek saati çoktan gelmişti. Jef:

— Eve dönsek iyi olur!., diye mırıldandı.

Çörek istiflerinin yüksekliği bir metreye yaklaşmıştı; bu pişmiş ya da yanmış, şekerli hamur yığınından dayanılmaz bir koku çıkıyordu. Yanmış çörekleri de ayrı bir istif yapmışlardı çünkü.

Yoldan gelenlerle avludan gelenler mutfakta karşılaştılar. Yalnız Mia'nın hangi yandan olduğu anlaşılmıyordu. Küçüklerin Fred'den yana oldukları belliydi.

Fred duralamadan kardeşine doğru yürüdü, Flamanca iki tümce söyledi, sonra oğlanın suratına bir tokat attı.

Çörek istiflerinden hâlâ dumanlar çıkıyordu. Havada uçuşan kar taneleri şimdi daha da çoğalmıştı. Dışarının beyazlığı pencerelere vuruyor, kapının altından beyaz, soğuk bir hava sızıyordu.

Masaya çorba kasesi, tabaklar, kaşıklar, çatallar dizilmişti.

Teyze, kızların sırtında şalları tutan çengelli iğneleri çıkarıyordu. Mia:

— Az daha yanıyormuş, diyerek atıldı, çöreklerden birini çevirdi.

Başka da bir şey olmadı. Hep birlikte masaya oturdular. Fred öfkeli, önüne bakıyordu. Jef'in yanaklarından biri ötekinden ve saatlerce deli gibi kaymış küçüklerinkinden daha kırmızıydı.

IV

O kış bir daha don olmadı. Ertesi gün bütün karlar çözüldü, her yer buz gibi bir çamura gömüldü. Ağaçlardan tane tane iri damlalar düşüyordu.

Teyzeden çocukların en küçüğüne kadar bütün aile yola koyuldu. Evin kapısını kapadılar. Arabada biraz sıkışmak zorunda kaldılar. Önce kanalı, erimiş külrengi buzlarla örtülü kayak alanını, sonra köyü geçtiler.

Maeseyck'e, Louis dayıya geldiklerinde dayalı döşeli koca evde iğne atsan yere düşmüyordu. Yaprak sigarası, içki kokuyordu evin içi. Flamanca konuşuyorlardı. Öpüştüler. Edmée de ötekiler gibi dayılarını, teyzeleri, komşuları, birer birer dolaştı.

Büyükler bisküvilerini kemirerek, sigara içerek, kadehlerini bitiredursun, küçükler ayrı bir yerde yemek yediler. Öğleden sonra dayıları, işleri konuşmak için bir saat kadar Fred'le bir odaya kapandı.

Çıktıkları zaman ikisinin de suratı asıktı.

Eve karanlıkta döndüler. Küçüklerden biri Edmée'nin dizlerinde uyudu. Fred kırk yılda bir bir şey söylüyor, annesi bir baş işaretiyle yanıtlıyordu onu.

Artık bundan böyle aylarca yağmurdan, soğuktan, çamurdan, özellikle de rüzgârdan başka bir şey görmeyeceklerdi.

Fırtınanın arkası gelmiyor, rüzgar, boşandı boşanacak kara bulutlar sürüyordu gökyüzüne. Açık bırakılan kapılar yüzünden evde sabahtan akşama kadar dırıltı eksik olmuyordu. Çünkü biri girdi ya da çıktı mı içeri esintiler doluyor, masadaki kâğıtlar uçuyor, su sızıntıları odaların ortasına kadar yürüyor, her gelen, döşeme taşlarının üstüne dışarıdan iri çamur parçaları getiriyordu.

Küçükler her sabah okula gitmek için el ele, bata çıka, beş kilometrelik yol yürüyorlardı. Akşamları eve dönünce, soğuk yağmurla ıslanmış yanaklarını öptürüyorlardı.

Fred her hafta ya Hasselt'e gidiyordu, ya da Brüksel'e. Edmée Mia'dan, baba mirasının hiç de umulduğu gibi çıkmadığını öğrenmişti. Kanallar ipotekliydi, üstelik kasada sermaye diye bir şey kalmamıştı. Mia:

— Galiba babam da Hasselt'e bir kadına gidiyormuş, diyerek içini çekti.

Ama bunun Mia'nın hoşuna gittiği anlaşılıyordu.

Pazar sabahları, yatağından çıkmak bilmeyen Fred'den başka hepsi, arabayla Neroeteren'e gidiyorlardı. Erkenden yola çıkılıyor, gün doğmadan kiliseye sabah duasına yetişiliyordu. Kilise uzunlamasına, dar bir yapıydı. Mihraptaki mumlardan başka, iki gaz lambasıyla aydınlanıyordu.

Teyzenin yeşil kadifeden, Mia'nın kırmızı, birer dua iskemlesi vardı. Ötekiler sıradan iskemlelerde dua ediyorlardı. Kilise kalabalık olmuyordu: Olsa olsa bir iki yaşlı kadın. Onlar da yan sahınların karaltısında göze görünmüyordu.

Erken erken kalkmaktan, soğuk suyla yıkanmaktan, açlıktan gelme bir koku vardı kilisenin içinde. Komünyon için önceden bir şey yememek gerekiyordu. Herkes cebinde biraz çikolata getiriyor, küçükler komünyon sırasından döner dönmez, gizliden gizliye, çikolatalarını kemirmeye başlıyorlardı.

Teyze dua ederken mihraba bakar, dudaklarını kıpırdatırdı. İşte asıl orada, o duruşuyla, tüm kişiliğini takınırdı. Campine'de geçirilmiş elli kışın soldurduğu uzun yüzünde büyük bir tevekkül okunurdu. Donuk gözlerini kutsal sandığa diker, dualarının tekdüze ahengiyle dudakları oynardı durmadan.

Komünyon zamanı gelince küçükler öne düşer, arkalarından Mia, sonra Edmée, en arkadan da teyze, arada bir de Jef gelirdi, ama her zaman değil. Elleri bağlı, gözler yerde ilerlerken insan arkasında, kutsal masaya sırayla yaklaşan yaşlı kadınların hafif ayak seslerini duyardı. Papaz her zamanki duasını okuyarak geçerken Edmée gözlerini yarı kapar, beklerdi. Her pazar, papazın elinde kutsal kapla önünde durduğu o anı beklerdi. Papaz önüne gelince, birkaç saniye, kutsal kaba gözlerini dikmekten kendini alamazdı.

Kutsal kap büyüktü, genişti, dövme altındandı. Çepeçevre, şiş yanaklı melek kabartmalarıyla bezenmişti. Ama Edmée asıl, metale gömülü, menekşe rengi, çok iri, dört taşa gözünü dikerdi. Ömründe hiç bu kadar büyük taş görmemişti. Taşlar kilisenin loşluğunda, gaz lambasının yanlamasına düşen ışığında pırıl pırıl yanarlardı.

Edmée taşlara bayılırdı. Bir kutunun içinde sakladığı eski mücevherlerini süsleyen akikleri, yakutları okşamak için sık sık odasına çıkar, kutsal kabın, tüm mücevherlerden güzel, çekici, gizemli taşlarını düşlerdi.

Kilise dönüşü fırıncıdan bir turta alırlardı. Kimi zaman Fred'i hâlâ yataktan kalkmamış bulurlardı. Kimi zaman da kolalı gömleğinin içinde şişkin göğsü, briyantine bulanmış saçlarıyla yarı giyinik çıkardı karşılarına.

Kilisenin saat ondaki büyük ayinine gideceğini söyler, ama herkes onun, kilise yerine, kâğıt ya da başka oyunlar oynamaya kahveye gittiğini bilirdi. Saat bire doğru eve döndüğünde ağzı ardıç likörü ya da vermut kokardı.

Yüzüne bakmıyordu Edmée'nin, konuşmuyordu da. Bir iki kez yanından geçerken kaba etine şöyle bir vurmuş, ama Edmée kasılmış, öfkeyle bakmıştı teyze oğluna. Bir gün Mia'ya:

— Bana öyle geliyor ki iğrenç bir adam bu Fred dedi.

Mia, gözleri faltaşı gibi açılmış, şaşkın şaşkın bakıyordu.

— Nereden çıkardın?

— Bilmiyorum, öyle geliyor bana.

Mia, kardeşinin ceplerinde çıplak kadın ve erkek resimleri bulduğunu düşünerek kızardı. Bu resimleri görünce dayanılmaz bir heyecana kapılmıştı.

Fred günün bir iki saatini yazıhanesinde geçiriyordu. Sık sık ya Maeseyck'e gidiyordu, ya yakındaki bir köye. Kimi zaman onu görmeye geliyorlar, o da gelenlere yazıhanesinde sigarayla ardıç likörü ikram ediyordu. Saman ya da taze ot satıyor, yem ve hayvan satın alıyordu. Fred üst üste üç gün çiftliği dolaştı. Yanındaki meşin ceketli iki adam kesilecek kavakları işaretlediler.

Yağmursuz geçen gün yok gibiydi. Ama kimi gün ardı arkası gelmeden, çisil çisil, durmadan yağıyordu. Böyle günlerde gökyüzü tek bir renge boyanıyordu. En kasvetlisi de buydu. Kimi gün de rüzgar deli deli esiyor, türlü biçimde bulut kavakları sıyırtarak geçiyor, avluyu, yolu, pencereleri döven, en küçücük delikten bile evin içine sızan yağmur sağnak halinde boşalıyordu.

Jef bir kanalın kapağını mı açmaya gidecek, bir bekçiye talimat mı verecek, Edmée hemen oğlanın peşine takılıyor, hep de böyle havaları seçiyordu. Yüzü gözü yağmurla ıslanıyor, burnunun ucu, çenesi titriyordu. Sabolarla yürümeye daha alışamadığı için ayaklarını çamurda sürüyordu. Kimi zaman içi su dolu bir hendekten aşmak gerekince Jef, kendini sıkmadan, onu koltuğunun altına alıyor, öteki yana aşırıveriyordu.

— Fred'in senden daha güçlü olmadığına emin misin?

— Eminim.

— Öyleyse yedin tokadı da niye ağzını açmadın?

— Büyük o.

Büyük olmuşsa ne çıkar sanki! Ama teyze bile, yıllarca kocasını nasıl dinlediyse, şimdi de onu dinliyordu, büyük olduğu için.

— Senin de sevgililerin var mı Jef?

Şaşırıyordu Jef, yanıt veremiyordu. Ağzından çıkanı kulağı işitmiyor muydu Edmée'nin?

Yoksa bunları, bir çocuk gibi, sözün varacağı yeri düşünmeden mi söylüyordu? Anlamak zordu doğrusu. Yine de Jef'in elinden, ona çocukmuş gibi davranmak gelmiyordu. Peşinden gidiyor, ne derse yapıyordu. Ama Edmée de bindikçe biniyordu dalına. Yemekte inadına:

— Hadi Jef, git de ilacı getir, diyordu.

Babası eskiden hemoglobin içirirdi. Şimdi de önünde özel bir şişe durması hoşuna gittiği için hemoglobin içiyordu.

Jef zoruna gidiyormuş gibi en ağır, en kaba tavrını takınarak, telaşsız, yerinden kalkıyordu. Edmée:

— Kulübemize gidiyor muyuz bugün? diye soruyordu.

— Vaktim olur mu bilmem.

Ama sonunda geliyordu. Çam kozalaklarının aydınlattığı barakada, evin öteki insanlarından uzaklaşmaktan hoşlanıyordu Edmée. Isının etine iğne gibi battığını duymak için ateşe alabildiğine yaklaşıyordu.

— Ne duruyorsun, bir şey yapsana!

Jef'in boş durmasını istemiyordu. Oğlan ya odun yontuyor, ya da sincap pöstekilerini bir düzene koyuyordu. Rüzgar bacadan üflüyordu. Kimi zaman bitişik ahırda bir inek böğürüyor, ayağını aradaki bölmeye vuruyordu.

— Sana geçen gün söylediklerini iyice düşündün mü?

Jef'in koca kafasından neler geçtiği anlaşılmıyordu.

Ağır ağır hareket ediyor, hele geniş, çıkık alnını, kaşlarını çatarak teyze kızına kaldırdığı zaman büsbütün ağırlaşıyordu.

— Ne demek istiyorsun?

Suyla sabunla temizlenmek bilmeyen, kirden kabuk tutmuş ellerinden, bıçak ve tahta parçası düşmüyordu.

— Benim için tehlikeli bir iş yapmanı isterdim, zor bir iş....

Can çekişen sincaba elini uzattığı zaman tutulduğu o şehvetli titremeyle sarsılıyordu şimdi de. Korkuyor, kendinden mi yoksa, oğlandan mı korktuğunu kestiremiyordu. Dudakları nemleniyordu.

— Ne mesela?

— Satın alınamayacak bir şey istesem senden... Başka birine ait bir şey...

Jef omuz silkti, çöken kütüklerden birini sabosuyla bir vuruşta itti.

— Neyse söyle bakalım.

— Yapacak mısın dediğimi?

— Neden yapmayayım!...

Fred'in bir kentli gibi giyinmesine, tarlaya giderken bile yakalığını, kravatını takmasına karşılık, Jef bir köylü gibi giyinirdi. Neyin nesi olduğu belli olmayan biçimsiz giysilerle dolaşırdı. İçine doldurduğu öteberi yüzünden cepleri sarkardı. Ceketinin tek bir düğmesi kalmıştı. İçinde de yakasız, pazen bir gömlekten başka bir şey yoktu.

Edmée, Jef'le öpüşebileceğini aklına bile getirmiyor, ama onun yanında olmasını istiyordu. Hele kulübelerinde onunla herkesten uzak, başbaşa kalmaktan hoşlanıyordu.

İki gün önce bir baca yarı yarıya göçmüş, Jef tuğlalarla, harçla dama çıkmıştı. Damın tepesinde dengesini kaybetmeden bacayı yeniden sıvamıştı.

Bir at parlamıştı da bir gün, alıp başını kırlara açılmıştı. Jef elinde küçük bir değnekle peşine düşmüştü atın. Aralarında dünya kadar uzaklık olduğu görülüyordu. Sonra kalın yağmur perdesinin arkasında kaybolmuşlardı. Üç saat sonra eyersiz, dizginsiz atın üstünde, koca kafası sallana sallana, sabolu ayaklarıyla hayvanın böğrünü sıkarak dönmüştü.

— Ya hırsızlık etmeni istersem senden...

Yine sarhoştu Edmée. Bu kulübeye her gelişinde sarhoş oluyordu zaten. Sıcaktan, oynaşan alevlere bakmaktan sarhoş oluyordu. Bu çam kokusu, bu ateş gibi patatesler sarhoş ediyordu onu. Küçük göğsü kalkıp iniyor, burun delikleri kısılıyordu.

— Kutsal kaptaki menekşe rengi taşları çalamazsın, biliyorum!

Bunu söylerken, Jef'in geceyarısı kilisenin damında süründüğünü, bir delikten içeri süzüldüğünü, sonra Malta taşlarının üstünde, kımıldadıkça gürültü çıkaran hasır sandalyelerin, dua iskemlelerinin arasında, çevresini yoklaya yoklaya ilerlediğini, görür gibi oluyordu. Bütün sinirleri sızlıyordu, ama bayılıyordu buna. Taşları altın yuvalarından iri bıçağıyla söküp alacaktı Jef. Delikanlı teyze kızına bakmadan:

— İş değil bu! dedi.

— Ama yapamazsın!

↬ ↬

Ocak ortalarına doğru olağanüstü bir şey oldu. Sabah saat sekize geliyordu. Mutfak masasının başında kahvaltı ediyorlardı. Bir Jef yoktu. O bu saatlerde hep dışarıda, ahırda, fırında ya da başka bir yerde çalışırdı.

Teyze, kokusu mutfaktan bütün gün çıkmayan domuz yağlı, kara buğday galetalarını bölüyordu. Mia kâselere sıcak sütlü kahve koyuyordu. Küçükler gitmişlerdi. Fred de öğleden sonra köye gideceğini söylüyordu.

Kavakların kasırgayla çatırdayarak boğuştukları görülüyordu pencereden. Rüzgar hiç böyle delirmemişti. Üstelik otları yamyassı eden, sık bir yağmura karışarak esiyordu.

Mutfak her zamanki gibi, pencere ve kapı aralarından sızarak ateşin sıcaklığına karışan esintiler içindeydi.

Edmée'nin karnı aç değildi. Dışarıdaki tek düz çizgiye, beşyüz metre ileride, iki çayır arasındaki kara kanala bakıyordu. Birdenbire yedek çekilen yolda, gözlerini yere dikmiş, sırılsıklam bir yedekçinin önünde yürüyen iki at gördü.

Hayvanlardan sonra gergin bir ip girdi pencerenin dikdörtgenine. Derken üstünden sular sızan bir Flaman mavnasının başı meydana çıktı. Kamara bacasından dumanlar tütüyordu. Direğe biçimsiz bir yelken, sopalarla tutturulmuş bir çadır bezi gerilmişti.

Rüzgar yelkeni şişirmişti. Mavna öyle bir hızla gidiyordu ki, göz açıp kapayıncaya kadar pencereden geldi geçti.

O anda, uzaktan uzağa, herhangi bir gürültüye benzeyen bir ses işitildi. Ama herkes bunun bir felaket sesi olduğunu anladı. Teyze bile çörekleri bir yana bırakarak herkesle birlikte pencereye koştu.

Şaşılacak şey! Hem artık bir şey duyulmuyor, hem de duyulan sesin ne olduğu kestirilemiyordu. Mavna bir yere çarpmış gibi durmuş, direk iki parça olmuş, yelken güverteye sarkmıştı.

Ama ne olduysa, tam Edmée alnını cama dayarken atlara oldu. Mavnanın yüz metre ilerisinde gidiyordu atlar. Çektikleri halat birdenbire gerildi, boşandı, bir daha gerildi, bu sefer hayvanları geriye sürükledi.

Atlardan biri, sağdaki, hemen suların içine gömüldü. Öteki ön ayaklarıyla bir an kıyıya takıldı, ama öteki atın ağırlığı onu da suya çekti.

Bu arada, gökyüzünün kirli yeşilinde insanlar koşuşuyor, biraz önce kanalın üstünde yükselen boş mavnanın yavaş yavaş alçaldığı görülüyordu. Fred kapıyı açarken:

— Batıyor!... dedi.

Gerçekten de batıyordu. Kanal burada bir dirsek çevirmişti. Arkadan esen rüzgarla yıldırım gibi giden mavna, dirseği dönememiş, dümeni kırdıkları halde, olduğu gibi yamaca bindirmişti.

Hızları kesilen atlar geriye doğru çekilmişlerdi. Bunlardan birinin, ayaklarına dolanan halata karşın boşu boşuna çabaladığı, başını su üstünde tutmaya çalıştığı görülüyordu.

Edmée şalını filan almadan Fred'in peşisıra fırladı. Mia avluda:

— Jef!... Koş Jef! Neredesin?... diye avazı çıktığı kadar bağırıyordu.

Edmée kamara çatısıyla kırık direği suyun üstünde kalan mavnanın yanına kadar gidemedi. Kanalla arasında, toprakları sulamak için açılmış dar bir su yolu daha vardı. Bunu aşamıyordu. Fred atlamıştı. Fred'in dört döndüğünü, bir kadını kıyıya çıkarmaya uğraştığını görüyordu.

Havanın alacasında mürekkep gibi kapkaraydı herkes. Kadından sonra, ıslak saçları ensesine yapışmış bir kız ortaya çıktı. Yedekçiyle gemici boşu boşuna atları kurtarmaya çalışıyordu. Hayvanların çabaladıkları yerde sular kaynıyordu. Yapılacak bir şey yoktu. Yine de kaza yerinden bir türlü ayrılamıyordu ikisi de. Yağmurun altında birbirine sokulmuş duruyorlardı. Artık mavnanın kamara çatısı da sulara gömülüyordu.

Edmée, Jef geliyor mu diye belki on kez dönüp baktı. Jef olsaydı Edmée'yi hendekten aşırır, üstelik boş durmaz, kesinlikle bir şeyler yapardı. Evin kapısında hâlâ bağırıp duruyordu Mia. Kâhya atlaya atlaya çayırda koşuyordu.

Bütün bunlar belki yarım saat sürdü. Edmée tepeden tırnağa, sucuk gibi ıslanmıştı. Fred'le mavnadakiler eve yöneldikleri zaman, gömleği bedenine yapışmış, dudakları morarmaya başlamıştı.

Herkes içeri girdi. Kadın katıla katıla ağlıyordu. Teyze gibi zayıf, saçları lif lif, çilli bir kadındı. Başlarına bu kaza geldiği zaman giyinik olmadığı için, gömleğinin yarığından pörsük memesi görünüyor, ama o memesinin çıplak olduğunu fark etmiyordu. Adam aptal aptal bakınıyor, yedekçi homurdanıyor, sümkürüyor, öfkeyle başını kaşıyordu.

Ortaya bir içki şişesi kondu.

— Jef hâlâ gelmedi mi?

Fred akıl danışmak için arıyordu Jef'i.

— Peşimizde beş mavna daha var! Yukarı bende bir haber salmalı, yoksa... diyordu yedekçi.

Ama ne telefon vardı, ne de köye koşturulacak Jef. Odanın havasına bu sefer de ardıç likörünün buruk kokusu yayıldı. Edmée bile bir bardak içti. Teyzesi çıkıp üstünü başını değiştirmesi için onu zorluyor, ama o yerinden kıpırdamıyor, olanı biteni görmek istiyordu. Kadının, adamın, çocuğun çevresinde dolanıp duruyordu. Merakla, söyledikleri Flamanca sözcükleri dinleyerek çok yakından bakıyordu.

— Jef ahırda değil mi?

— Hayır! Bugün ekmek günü, ama fırında da yok.

Mia şaşkına dönmüştü. Nereye koşacağını bilemiyordu. Ateşe hemen kahve suyu koymadığı için kardeşi kızdı.

Derken pencereden bir bisikletlinin geçtiği, sonra da hemen durduğu görüldü. Jef'ti bu. Ama eve girmedi. Kapıyı açtıkları zaman, Edmée'nin kulübe dediği barakaya gidiyordu.

— Jef?

— Geliyorum.

— Hayır! Hemen gel!

Jef istemeye istemeye geri döndü, eşikte durarak kuşkuyla içerideki yabancılara baktı.

— Ne var?

— Nereden geliyordun?

— Neroeteren'den. Mayam kalmamıştı da...

Edmée, Jef'in sağ elinde uzunlamasına bir sıyrık olduğunu fark etti. Yüzüne bakmaktan çekindiği de belliydi. Olanı biteni ona da anlattılar. Söylenenleri kıpırdamadan dinledi, kanala doğru dönerek:

— Tamam! diye homurdandı.

Sonra yine Flamanca konuşuldu. Kadın büyük bir heyecanla bir şeyler anlatırken ağlamayı kesti. Jef yorgun gözlerini kadına dikmiş bakıyordu. Bir kararsızlık vardı havada. Jef'in bir karar vermesini bekledikleri anlaşılıyordu. Gözlerini odada dolaştırdıktan sonra:

— Tamam! diye yineledi.

İçki şişesini cebine koyarken Mia'dan bir şey istedi. Kız

hemen birinci kata çıkarak ağır bir pardösüyle döndü.

Hava biraz daha aydınlanmış, ama yağmur hızını arttırmıştı. Teyzenin, birkaç dakikadan beri umutlanmış görünen gemicinin karısından çok daha dertli bir hali vardı.

Jef, teknenin sahibi, Fred, yedekçi, evden çıktılar. Kadın arkalarından aklına gelen bir şeyi bağırmak için kapıya koştu. Edmée yine adamların peşine takıldı. Ama kimse farkına varmadı onun. Su yolunu atladılar.

— Jef!...

Jef döndü. Edmée'yi gördü, onu su yolundan geçirmek için geriye geldi. Heyecanlıydı. Bakışında alışılmamış bir oynaklık vardı.

— Yanım sıra yürü, diye mırıldandı.

Gidilecek yüz metrelik bir yol vardı daha. Yedekçi çoktan kanalın kıyısına varmış, gözleriyle atlarının leşini arıyordu.

— Elini ver!

Yanyana yürüyorlardı. Jef sert elleriyle Edmée'nin elini yakaladı, sıktı, parmaklarını açtı, avucuna buz gibi soğuk bir - şeyler koyarak üstüne parmaklarını kapadı.

— Dikkatli ol!

Ayrıldı, ileri doğru fırladı. Edmée'nin elindekiler, kutsal kabın menekşe rengi dört taşıydı. Cebi yoktu Edmée'nin. Taşları nereye koyacağını bilemiyor, avucunu kanatırcasına sıkıyordu.

Jef bir yandan ceketini çıkarıyor, bir yandan gemiciye bir şeyler soruyordu. Mavnanın yalnız yüksek yerleri, kamara çatısının bir parçasıyla yelkenin tepesi, bir de kırık direği görünüyordu. Fred umursamıyormuş gibi davranıyordu. Jef'e ürpererek bakan gemici hâlâ anlatıyordu.

Jef en son, ayağından sabolarını fırlatır fırlatmaz, gelişigüzel suya atladı. Dalmadı, batık teknenin üstünde dolaştı, göğsüne kadar suya gömüldü, sonra herhalde kamaranın kapısını bulmuş olacak ki, gözden kayboldu.

Bir kaynama oldu. Kapkaraydı kanal. Rüzgâr suları kıyılara çarpıyordu. Kıyılar öyle kaygandı ki, yedekçi az daha kanala düşüyordu. Jef başını çıkardı, gemiciye bir şeyler sorduktan sonra yeniden gözden kayboldu.

Sonunda elinde yumuşak bir şeyle kıyıya doğru yüzmeye başladı. Çıkmasına yardım etmek zorunda kaldılar. Islak ayakları vıcık vıcık killi toprağın üstünde kayıyordu. Rengi uçmuş, mosmor kesilmiş, göz kapakları kızarmıştı. Ağzı açıktı. Soluğu kesik kesikti, yakıcıydı.

Elindeki o yumuşak şeyi yere bıraktı. Bir para çantasıydı bu. Gemici çantayı açtı, içinden birbirine yapışmış bin franklıklar çıkardı.

Edmée'nin menekşe rengi taşları sıkmaktan eli kanıyordu. Taşları kanala atmamak için zor tutuyordu kendini.

V

Üç günden beri teyze, bir taşınma kargaşası içinde, durmadan yeri değiştirilen yavrularının çevresinde dönüp dolaşan dertli dişi kedilere dönmüştü. Tıpkı bir dişi kedi gibi, yüzüne bile bakmadan Edmée'yi de yavrularının arasına karıştırmıştı. Şimdi arada bir gözleri ona rastladıkça şaşırıyor, duralıyordu.

Eniştenin ölümünde bile evin düzeni böylesine bozulmamıştı. Üst üste gelen olaylar teyzeyi çileden çıkarıyor, başına bir iş gelecekmiş gibi korkutuyordu.

Eskiden annesinin yılda bir kereden fazla Maeseyck'e gitmediğini Mia söylemişti Edmée'ye. O da yalnız 1 Ocakta, ağabeyi Louis'yle yılbaşını kutlamak için; teyze bunun dışında Neroeteren'den dışarı adımını atmazdı. Gelen giden de olmazdı. Dayıları geldiği zaman bir kadeh görse masada, bir tütün, bir içki kokusu alsa, hemen:

— Kim geldi? diye sorardı.

Saat gibi işleyen bir düzenleri vardı. Bir gün ekmek pişer, bir gün ya börek, ya çörek yapılır, her ay başı mezarlığa gidilirdi.

Oysa şimdi işlerin tıkırında gitmediği gözle görülüyordu. Önce bir cenaze çıkmıştı evden, sonra Edmée gelmişti, derken baş döndürücü bir hızla yılbaşı gelip çatmış, arkadan bu kaza olmuş, bir sürü iş açmıştı başlarına. Fred, babasının kadeh tokuşturmayacağı kimselere içki ikram ediyor, her fırsatta kilerden Burgonya şarabı getirtiyordu. Oysa Burgonya şarabı içmenin de bir zamanı vardı.

Teyze sesini çıkarmıyordu. Sabahtan akşama kadar ortalıkta dolaşıyor, ama zaman zaman donuk gözlerinde bir endişe kıpırtısı seçiliyordu.

Gemiciyle karısına bir oda hazırlamak gerekmişti. Fred, mavna yüzdürülünceye kadar evde kalabileceklerini söylemişti. Yedekçiyi de arabalığa yerleştirmişlerdi. Dolaplardan çarşaf çıkarmak, ortalığı silmek, süpürmek, küçük kıza kuru giysiler bulmak, işti bütün bunlar.

Durmadan yağmur yağıyordu. Evin içi sırılsıklamdı. Sanki delik deşikti bu ev.

İlk üç gün, gemicinin karısı ateşin başındaki iskemlesinden kalkmadı. Oysa herkes elinden geldiği kadar ev işine yardım ediyordu. Kimi zaman sofradakilerin sayısı onikiye, onüçe çıkıyordu. Ama o işe mişe boş veriyordu.

Başına gelen felaketten hoşlanıyormuş gibi, saatler saati yanıp yakılıyordu.

İlk gün öğleye doğru, bir köprü mühendisi, yanında kanallara bakan bir adamla çıkageldi. Kanalın kıyısında uzun boylu kaldılar. Jef'in sudan at leşlerini çıkarmak için yamaca kurduğu bocurgadı gözden geçirdiler.

Kaza öyle birdenbire olmuştu ki gemici hiçbir şey görememişti. Rüzgar arkadan, gittikçe çoğalan bir hızla estiği için boş mavna, atlardan daha çabuk ilerlemiş, halat gevşemişti. Başka bir yerde olsa belki bu işler açılmazdı başlarına. Çünkü burada kanal suyunu çiftliğin su yollarına aktaran, kapaklı, beton bir geçit vardı. Fred bakar bakmaz kestirip attı:

— Mavnanın burnu depoya çarpmış, paralamış. Teknede kapı kadar bir delik yoksa kafamı keserim.

Teknenin yolu kesiliverince atlara bağlı halat birdenbire gerilmiş, hayvanlar düpedüz kanala sürüklenmişti. Gemici karısıyla kızını kurtarırken, yaşlı yedekçi boşuna çırpınmış, iplere dolanan iki atın kaygan kıyıya çıkamadan boşu boşuna yüzmeye çalıştıklarını görünce deliye dönmüştü. Aradan kırksekiz saat geçtiği halde hâlâ bir şaşkınlık vardı üstünde. Yine de, omuzlarında parlayan yağmura kulak asmadan, kayıkla gidip yarı yarıya suyun üstünde yüzen hayvanların ayağına ipi geçiren o olmuştu.

Edmée oradaydı. Evde duramıyordu. Erkeklerle birarada bulunmak, onların konuşmalarını, bağırmalarını işitmek, saçları rüzgarda tel tel uçuşurken, alnında yağmuru duymak istiyordu.

Jef, bocurgadı işletiyor, manivelayı çevirmek için herkes ona yardım ediyordu. Bu arada, karınları çoktan şişen, alabildiğine büyük, iri leşler, ağır ağır yamaca doğru yükseliyordu.

Yalnızca Fred'in ayağında tozluklar, sırtında da meşin bir pardösü vardı. Bu ona tam bir mal sahibi edası veriyordu. Başına gelen felaketten hoşlanan gemicinin karısı gibi, onun da her şeyi idare etmek, herkesin gelip bir şeyler danıştığı önemli bir kişi olmak hoşuna gidiyordu. Yağmurla ıslanan burnu daha uzamış görünüyor, yüzündeki aykırılığı Edmée her günkünden daha iyi fark ediyordu. Edmée'ye iki kez:

— Sen git de ısın, dedi.

Ama Edmée gitmiyor, kanalın kıyısında buz gibi, sırılsıklam duruyordu. Menekşe rengi taşları bir kavağın dibine gömmüştü. Saatlerce, Jef'le konuşmak için uygun zamanı kollamış, oğlanın yüzüne, sormak, anlamak ister gibi o kadar çok bakmıştı ki, gözlerinin bebeği acıyordu. Jef aldırmamıştı. Belki de yüz yüze gelmek istemiyordu. Durmadan çalışıyor, oradakilerin birarada çıkaramayacağı kadar iş çıkarıyor, herkesin ayrı ayrı yardımına koşuyordu.

Sofrada sıkışmışlardı. Üç tavşan kesilmişti. Teyze ağzını açmadan erkeklerin konuşmasını dinliyor, Mia arada bir, konuşulanları Edmée için Fransızcaya çeviriyordu.

— Bir dalgıçla bir römorkör getirtmişler. Sen dalgıç gördün mü hiç?

Önce beş kilometrelik su yolunu boşaltmayı düşünmüşlerdi. Ama bu sağnakta olanaksızdı bu. Gelgelelim batık da kanalda kalarak öteki gemilerin gidiş geliş yolunu tıkayamazdı.

Erkekler birer kadeh içki içip birer sigara tellendirdikten sonra mavnaya döndüler. Sonra da Neroeteren'e gittiler. Ertesi gün Kanallar'ın manzarası büsbütün değişmişti.

Edmée sabah uyanınca, her zaman boş duran kanalın üstünde sekiz mavnanın, tespih gibi, arka arkaya dizilmiş olduğunu gördü. Bir römorkör batığa yanaşmak için düdük çalarak diziyi sıyırtmaya çalışıyor, yamaçta insanlar kaynaşıyordu.

Edmée yataktan çıkar çıkmaz, fırtınaya bakmadan, hemen oraya koştu. Teyzeyle, geminin karısı ve Mia'yla mutfakta yalnız kalmak sıkıntı veriyordu içine. Ama kargaşalıktan da eyze kadar, belki teyzeden de çok sıkılıyor, bütün bu olaylardan, evi baştan başa tehdit eden, karşı durulmaz bir felaket kokusu alıyordu.

Bir akşam önce yatağında bunları o kadar çok düşünmüştü ki, sonunda başı dönmüş, düşle gerçeği birbirine karıştırmıştı. O tam Kanallar'a geldiğinde eniştesi ölmüştü.Mia'nın egzaması azmıştı. Bir kaza olmuş ve Jef, Tanrı'ya karşı suç işlemişti.

Artık teyze oğlunun eline dokunmak bile istemiyordu. Nasıl olur da Jef hiç değişmeden her zamanki gibi çalışabilir, insanlarla konuşur diye düşünüyordu. Bir onunla konuşmuyordu Jef, yüzüne bile bakmıyordu.

Louis dayı da yamaçtaydı şimdi. Onun ayağında da tozluklar vardı. Dayının orada bulunmasının, üstelik işleri çevirmeye kalkmasının Fred'i sinirlendirdiği belli oluyordu. Römorkör bir vinç getiriyordu. Dalgıç dalış giysisini giyiyor, yardımcıları bakır başlığını vidalıyorlardı.

Edmée'nin ateşi vardı herhalde. Kalabalığın arasında tek başına dolaşırken arada bir sinir titremelerine kapılıyordu. Fred bir kez daha:

— Sen git de evdeki kadınlara yardım et. Daha iyi olur dedi.

Daha sonra Louis dayı tatlılıkla yanağını okşadı:

— Soğuk alacaksın, küçük! dedi.

Bakıyorlardı Edmée'ye. Öteki mavnalardaki kadınlar, erkekler de gelmişlerdi. Kanaldan geçmek için bekliyorlardı. Mavnaların sayısı her saat artıyordu. Edmée kara şalını omuzuna almak istememiş, sabolarını da giymemişti. Sırtında su geçiren, ama ona kentli bir genç kız hâli veren, incecik, ga bardin bir pardösü vardı.

Fred'e kimin nesi olduğunu soruyorlardı Edmée'nin. Kimi de sorarken göz kırpıyordu. Edmée'nin bu yüzden hem canı sıkılıyor, hem koltukları kabarıyordu. Bu göz kırpmaların ne demeye geldiğini anlıyordu. Fred'le arasında bir ilişki olduğunu sanıyorlardı. Onu güzel buluyorlardı, köy kızlarından çok daha güzel.

Sabahleyin yarı çıplak aynaya bakmıştı. Zayıftı. Hele bacakları çok zayıftı, omuz kemiklerinde çukurlar vardı. Memeleri yeni yeni dolgunlaşıyordu. Yine de, mesela Mia'dan daha kadındı. Mia'nın memeleri daha büyüktü, ama bedeni, bir çocuk bedeni gibi, biçimini bulamamıştı daha.

Ama herkesi asıl şaşırtan yüzünün uzunluğu, solgunluğuydu. Teyze oğullarının, teyze kızlarının, gemiciyle karısının ya derilerinde bir pürüz, ya yüzlerinde aşırı bir çıkıntı göze çarpıyordu. Burunları ya yassıydı, ya kemerli; ya dudakları çok kalındı, ya gözleri birbirine çok yakın.

Oysa Edmée'nin yüzü, köy dükkanlarına asılı renkli takvimlerdeki kızlar kadar biçimli ve pürüzsüzdü. Üstelik yüzüne bakılınca ya da kendisinden Flamanca söz edilince, teyze kızları gibi gülmüyor, başını çevirmiyordu.

Dalgıç hava kabarcıkları çıkararak suya inerken herkes susmuştu. Şimdi dalgıca hava pompalayan iki yardımcının solukları açıkça duyuluyordu. Edmée, daha ufak çapta da olsa, sincaplar ölürken duyduğu heyecana benzer bir heyecan duyuyordu. At leşlerini kaldırmamışlardı. Yedekçilerden biri bir şeyler mırıldanarak, çekinmeden hayvanlardan birinin ağzını açtı, dişlerine baktı.

Bakır başlık göründü, sonra yeniden suya gömüldü. Mühendis, vinci işletenler, Fred ve dalgıç aralarında konuştular. Sonra bir bölümü orada çalışadursun, bir bölümü eve doğru yürüyüp gitti.

Her zaman boş duran kahvede duyulmuş şey miydi bu gürültü! Mia masadan masaya geçiyor, gemicilere ya bira, ya ardıç likörü veriyor, onlar da kıza takılıyor, şaka ediyorlardı. Edmée:

— Bu kız hem çirkin, hem de bayağı! diye düşündü. Yemek için biri mutfakta, öteki salonda, iki sofra kuruldu. Kadınlar mutfakta yediler. Yemekte Mia teyze kızına:

— Kilisede bir hırsızlık olmuş, dedi.

Edmée bozuntuya vermeden, doğal, giderek kayıtsız bir edayla:

— Ne çalınmış? diye sordu.

— Kutsal kabın taşları. Ama sahteymiş taşlar. Papaz şikayet bile etmemiş.

Canı sıkıldı Edmée'nin. Taşların sahte olması umurunda değildi, ama böyle hafife almaları bu işi acınacak bir hale sokuyordu.

Edmée, iki üç kez teyzenin kendisine baktığını hissetti. Bu onu hırsızlık öyküsünden daha çok şaşırtıyordu. Teyzenin söylediklerini Mia çevirdi Edmée'ye:

— Annem bütün gün kanalda, erkeklerin yanında durmanı doğru bulmuyor.

Bütün kanı tepesine çıktı Edmée'nin. Gevşemiş otururken birdenbire yerinden sıçradı:

— Söyle ona, dedi, bu doğru değilse, bir kızın yedekçilere

içki taşıması hiç doğru değil.

Avluya çıktı, geçti avluyu, kulübeye kapandı. Ateş yanmamıştı. Karnı açtı. Bu ağız dalaşı olduğu zaman sofraya daha yeni oturmuşlardı. Üşüyordu. Bütün ailenin içinde yalnızca, tek sözcük Fransızca bilmeyen ve kapıdan dışarı çıkmayan teyzenin bir şeyler sezinlediğini anlamıştı. Onu bu hale koyan da buydu işte.

Ne sezinlemişti acaba? Edmée kestiremiyordu. Sezinlenecek bir şey vardı ama ortada. Kendisinin de tanımlayamadığı bir şey. Önce sincaplar, Jef'in hali, sonra kutsal kabın taşları.

Daha belirsiz başka şeyler de oluyordu. Edmée önceki akşam yatağında, yarı uyur yarı uyanık, bu belirsiz şeyleri iyice anlar gibi olmuştu. Ama soğukta, karanlığın içinde, birtakım biçimlerle, garip görüntülerle, gündüz bir anlamı olmayan sözcüklerle kavrıyordu bunları. Masanın başına dizilenleri görür gibi oluyordu. Fred'in çarpık yüzü, kalın dudakları, Jef'in biçimsiz alnı, Mia'nın egzaması gözünün önüne geliyordu. Her şeyine, hatta memelerine karşın Mia ondokuz yaşında hâlâ kadın olamamıştı. Küçüklerden biri şaşıydı. Aile şaşı olmadığını, gözünün arada bir kaydığını söylüyordu. Oysa düpedüz şaşıydı. En küçükleriyse iki yıl geriydi yaşından!

1 Ocakta Louis dayı Fred'i bir kenara çektiğinde, bunu, ona kaygılarından söz etmek, belki de uzun boylu bir söylev çekmek için yaptığını yalnız Edmée anlamıştı.

Enişte sağlığında Hasselt'te bir kadına gidiyordu. Fred de Hasselt'e, Lièges'e, Brüksel'e gidiyorsa, şişman kızlarla düşüp kalkmaya gidiyordu.

Edmée hepsinden de nefret mi ediyordu yoksa? Bilemiyordu, ama işte Jef'e kutsal kabın taşlarını çaldırtmıştı. İşin doğrusu Jef'in bu işi yapacağına inanmamıştı. Menekşe rengi o kaskatı çakılları eline koyduğu zaman tepeden tırnağa buz kesilmişti.

Ama Jef artık eskisi gibi değildi. Ona da, herkese de yan gözle bakıyordu. Ya Fred! O sabah birileri ona anlamlı anlamlı Edmée'den sözettiğinden beri teyze kızına başka bir gözle bakmaya başlamıştı.

Güpegündüz, yağmurlu bir göğün beyaz ışığı altında düşünüldüğü zaman bir anlamı yoktu belki, ama gözler kapalı, yatağın sıcaklığı içinde başkaydı; kötü ve tehlikeli bir kaynaşması vardı bütün bunların.

Öğleden sonra Edmée yeniden kanala gitti. Kanala gitmeyi belki canı çekmiyordu, ama teyzeyle Mia'yı cezalandırmak istiyordu. Üstelik çalışan erkeklerin arasında dolaşmak, kendini onlarla ölçmek, bakılmak, onların düşüncelerini anlamaya çalışmak hoşuna gidiyordu.

Yorgundu. Dördüncü seferdir batak tarlalardan geçiyordu. Kara çorapları dizlerine kadar ıslanmış, bacaklarına yapışmıştı. Oturacak yer de yoktu. Saatlerce ayakta durmak gerekiyordu. Yağmur bir an dursa bile, daha iri, daha soğuk damlalar düşüyordu kavaklardan insanın üstüne.

Mavnanın deliği torbalarla tıkanmıştı. Vinç tekneyi kaldırmış, römorkörün makineleriyle işleyen pompalar suyu boşaltmıştı. Pompaların hırıltısı kesik kesik akan suyun sesine karışıyordu.

Louis dayı, Fred, mühendis, bir de yeni gelen sigortacı, bent kapağındaki zararla ilgileniyorlardı. Zararı hesaplamak için kanallardaki bütün irili ufaklı su yollarını boşaltmışlardı. Edmée su yollarının nasıl işlediğini şimdi daha iyi anlıyordu. Büyük kanala bağlı birçok hazne vardı. Her birinin ağzı bir kapakla kapanmıştı. Jef özel bir anahtarla bunları açıp kapıyordu. Bundan ötesi tıpkı bedenimizdeki damarlar gibiydi. Daha büyük bir kanaldan sular daha küçüklerine geçiyor, onlar da kendi aralarında yeniden kollara ayrılıyordu.

Suyu nerede istenirse kesmek ya da bırakmak eldeydi. Bütün bu işleri Jef yapıyordu. Yuvarlak omuzları, sallanan başıyla, çayırların arasından geçerek bir bentten ötekine gider, ya su verir ya su yolunu boşaltırdı. Kanalların cini perisi gibiydi o. Kanallar'da doğan Louis dayı bile başı sıkışınca ona danışırdı. Jef hangi çarkın hangi dişinin eksildiğini, su yollarında suyun boşalmasına engel olacak eğimleri, susamurlarının barındığı yerleri bilirdi.

Kanaldan sular boşaltılınca dibin kara çamuru ortaya çıktı. Çamurun üstünde belki on yıldan beri duran öteberi, demir parçaları, çanak çömlek, bir fıçı çemberi, bir kova, beş on metrelik tel, hatta bir açılır kapanır demir karyola göze çarpıyordu.

Birdenbire, bir düdük sesiyle birlikte, düzenli bir gürültü duyuldu. Vinçler mavnayı burnundan yukarı doğru kaldırıyorlardı.

Gece Fred'in içki içmeye çağırdığı işçilerle birlikte herkes eve dönünce Mia, Edmée'ye:

— Hangisi? diye sordu.

— Kim bu hangisi dediğin?

— Dalgıç canım!

Dalgıç oldukça şişman, güleryüzlü, şehir işçisi kılıklı, çevresine şaşkın şaşkın bakan bir adamdı. Flaman değil Valondu. Lièges'den motosikletle getirtmişlerdi. Keyfinden yerinde duramıyor, şakasız beş dakika geçirmiyordu.

Kahvenin her zamankinden başka bir havası vardı. Çam tahtasından yapılmış cilalı masalarda en azından dört erkek oturuyordu. Gemici karıları çocuklarını kucaklarına almışlardı, ortalığı tek bir gaz lambası aydınlatıyordu.

Herkes yüksek sesle konuşuyor, yine de uğultudan pek bir şey anlaşılmıyordu. Ayağında çuha terlikleriyle yalnız Mia ortalıkta dolaşıyor, masadan masaya geçerek içki veriyordu. Dalgıç Edmée'ye dönerek:

— Sen Flaman değilsin! dedi.

— Değilim.

— Bak bu hoşuma gitti. İçime sıkıntı verdi Flamancaları, kötü sigaraları, kandil gibi yanan lambaları. Madem ki Flaman değilsin, ne işin var senin burada?

Sevimli bir yüzü vardı dalgıcın. Eliyle Edmée'yi kendine doğru çekerken, genç kız:

— Akrabalarıyım, dedi.

— Demek öyle! Ama pek keyifli olmasa gerek burada oturmak.

Elini Edmée'nin beline koymuştu. Farkında değilmiş gibi kalçaya doğru kaydırıyor, gittikçe daha çok bastırıyordu. Edmée kıpırdamıyordu. Rahat değildi böyle, ama gitmek de istemiyor, sularda gezinen bakır başlığı düşünüyordu.

— Bir şey içmez misin? Mal sahibi kim burada? Şu deri giymiş genç mi, yoksa kırçıl bıyıklı ihtiyar mı?

Edmée sinirli sinirli güldü. Yeterdi bu kadarı. Gitmeliydi. Gaz lambasının biraz ötesinden Fred dik dik bakıyordu.

— Bekleyin... Sanırım beni çağırıyorlar.

Adamın tutmak için yaptığı hareketten kaçındı. Nereye gideceğini bilemiyordu. En iyisi Jef'le kulübeye kapanmak, büyük çam ateşinin karşısına geçmek, gözlerini alabildiğine açarak ateşe bakmak diye düşünüyordu. Jef değnek yontarken, göz ucuyla hayran hayran süzerdi onu. Gelgelelim Jef, ekmek kalmadığı için arabayla Neroeteren'e gitmişti. Hem de ona bir haber vermeden, benimle birlikte gel demeden.

Mutfağa uğramadan çıktı. Yağmur dinmişti. Rüzgar daha hızlı esiyordu. Bulutlar çok alçaktan uçuyor, arkalarında parlayan ay ışığında bütün girdi çıktıları görünüyordu. Kimi zaman da ay görünüp kayboluyordu.

Ne acıklı şeydi bulutların böyle dünyanın öbür ucuna koşması! Aralarında birleşenler olur mu, diye düşündü Edmée. Başını kaldırmaktan ensesi tutulmuştu. Arkasında bir su oluğu musluk gibi sesler çıkarıyordu.

Birdenbire birinin yaklaştığını duydu. Başını indirmeye kalmadan, kara giysisiyle Fred'i yanıbaşında buldu. Alışık olmadığı bir gülümsemeyle sokuluyordu.

— Hava mı alıyorsun?

Elleri bembeyazdı gecenin içinde. Bu eller kalktı, duraladı, sonra Edmée'nin başını yakaladı:

— Seni gidi teyze kızı!...

Bunu tuhaf bir duygulanmayla söylemişti. O anda başı o kadar yaklaşmıştı ki, Edmée, Fred'in burnundan başka bir yerini göremedi. Dudaklarına bir dudak değer gibi olduğunda gerildi, bedenini Fred'in göğsünden çekmek için kıvrandı. Fred içki, kozmetik, ıslak yapağı kokuyordu. Yavaşça:

— Aptallığı bırak!... dedi.

— Bağırırım.

Yüzlerinin arasında beş santimetre ya vardı, ya yoktu. Edmée bedenini gererek aralığın kapanmasına engel oluyordu.

— Sus diyorum sana!

Edmée daha yüksek, kahveden duyulabilecek bir sesle:

— Bağırırım! diye tekrarladı.

Fred birdenbire bıraktı kızı, omuz silkti, önce Flamanca bir şeyler mırıldandı, sonra Fransızca:

— Aptal, diye söylendi.

Üç metre ötede hâlâ bocalıyordu.

— Demek gözün dalgıçlarda.

— Evet. Hem istese...

Durdu. Öcünü almak istiyor, ne diyeceğini bilemiyordu. Bereket versin Fred çoktan eve girmişti. Bir saat sonra Edmée de içeri girdi.

Yağmur başlamış, ne gökte, ne yerde ışığa benzer bir şey kalmamıştı.

Kahvedekilerin kimisi domino, kimisi kâğıt oynuyordu. Louis dayı arabasıyla gitmişti. Mia masaları dolaşıyor, boş şişeleri topluyor, hesabı söylüyordu.

— *Viif franks...*

Beş frank! Parayı alıyor, kırmızıyken siyaha boyanan eski önlüğünün cebinde bozukluk arıyordu.

Mutfakta gemicilerin küçük kızı, anasının dizinde uyuyordu. Edmée merdivenlerden odasına çıkarken teyze arkasından uzun uzun baktı.

VI

Ortalık daha iyice ağarmamıştı. Soğuk bir sis vardı dışarıda. Acı acı üç düdük sesi duyuldu. Kanallar'da, sofra başındaydılar. Edmée soğuktan uyuşan parmak uçlarını ateşe tutarak ısıtmaya çalışıyordu. Camların ötesindeki donuk beyazlıkta römorkörün, yaralı mavnayı kanal boyunca çekip götürdüğünü anladı. Her iki tekne de ne kanala, ne toprağa değiyor, sanki sisin üstünde yüzüyor gibiydi.

Onların ardı sıra öteki mavnalar da, tıpkı oyuncaklar gibi kıpırdamaya, gök çizgisinde yol almaya başladılar. Kanal boşalıyordu. Birdenbire ev de boşalmış, vur patlasın, çal oynasınla geçen bir geceden sonra boşalıveren insan kafası, insan vücudu gibi dımdızlak kalmıştı.

Herkes sebebini bilmeden bir sıkıntı duyuyordu. Kargaşanın izleri hâlâ orada burada göze çarpıyordu. Çok içmişlerdi. Kahvede yere şişeler sıralanmış, kırılan bardaklar tezgahın ardına sürülmüştü. Fred üç günün içinde belki on kez zıvanadan çıktı çıkacak sarhoş olmuştu, içince çın çın ötüyordu sesi. Konuşurken durmadan elini kolunu sallıyor, önemsiz tümcelerin üstünde bile, konularına denk düşmeyen bir inatla duruyordu.

Şimdi artık yorgundu. Gözle görünüyordu yorgunluğu. Annesi üstüste iki kez Flamanca bir şeyler sordu ona; o da

Louis dayının adını iki kez anarak yanıt verdi. Fred gidince Edmée, Mia'ya onun nereye gittiğini sordu.

— Vadesi öbür gün gelen büyük bir borç var. Bekledikleri bir para vardı, ama gelmemiş. Dayım yoluna koyar bu işi...

Mia teyze kızını odasına götürdü, içi para dolu bir kese gösterdi.

—İşte üç günde kazandıklarım, dedi. Tam altmışüç frank kırk santim!

Müşterilerin verdikleri bütün bahşişleri almıştı. Flamanca bir gazete açtı, son sayfasında bir el çantası resmi gösterdi: 42 *frank*.

— Ne güzel, değil mi? dedi. Hemen bir mektup yazıp, parayı göndereceğim.

Herkese başka başka şeyler kalmıştı bu üç günden. Paracıklar kalmıştı Mia'ya, bir el çantası alabileceği paracıklar. Fred'e özlemi kalmıştı bu üç günün: Adamları çevresine toplama, büyük patron muamelesi görme, güvenle konuşma, Schiedam kadehlerini üst üste devirme özlemi.

Jef'e gelince, neredeyse hiç görünmedi ortalıkta. Su yolunu kendi başına sıvamaya karar vermişti. Edmée'den kaçmıyordu ama, yaklaşmak için bir şey de yapmıyordu. Kıza gizliden gizliye bakıyor, kimi zaman bir şey söyleyecekmiş gibi oluyor, ama yine de susuyordu.

Göze batacak hiçbir şey yoktu ortalıkta, hiçbir şey olmuyordu. Ama Edmée artık her akşam uyumadan önce hep o karmakarışık şeyleri düşünüyordu. Şimdi sincapların yerini, isteyerek kurcaladığı o sayıklamaya benzer şey almıştı. Odalar ısıtılmıyordu, çarşaflar buz gibiydi. Yatağına sıcak su aldığı halde dişleri karanlıkta dakikalarca birbirine çarpıyordu.

İşte o zaman hayallerin saldırısına uğruyordu. Fred vardı hep ıslak dudaklarıyla alayın başında. Onu okşamaya çalışıyor, yiyecek gibi bakıyordu. Gerçekten de üst kat koridorundan geçerken iki kez onu sıkıştırmaya kalkmıştı. Ellerini üstünde gezdiriyor, kalçalarına gelince bastırıyor, zoraki bir gülümseme beliriyordu yüzünde.

Akşam alayında Fred'in hemen arkasından teyze geliyordu. Edmée, ürkek ve ölçülü adımlarla, dibine yalancı taşları gömdüğü kavağa doğru gittiğini görüyordu onun. Her akşam biraz değişiyordu alayın gerisi. Jef, ya Edmée'nin ne olduğunu kestiremediği çok büyük bir hayvanın derisini yüzüyor — mavnanın atlarından biri olamaz mıydı bu?— ya da yüksek bir duvarın üstünden atlıyordu. Kutsal kaptaki taşları çalan hırsızın, yerden altı metre yükseklikteki bir pencereden kaçtığı öğrenilmişti.

Yavaş yavaş ısındıkça Edmée daha da karışık bir halka düşünüyor, ama oyun başlayınca ipin ucunu kaçırıyor, sinirden bağıracak gibi oluyordu.

Louis dayı para vermiyor, Fred'in Hasselt'teki şişman dostu gelip rezalet çıkarıyor, ceplerini son bir kez külde pişmiş patateslerle dolduran Jef'i jandarmalar alıp götürüyorlardı.

Sallanıyordu ev. Herkesin yerli yerinde durması sadece bir alışkanlıktı. Bunu teyze hissediyor, ilk gevşeyecek kimseyi anlamak ister gibi, herkesin ayrı ayrı yüzüne bakıyordu.

Cumartesi günü Edmée evden çıkmadı. Hafif nezlesi vardı. Akşama doğru ocağın başında şalına bürünmüş otururken, güneşin son ışıklarıyla boğuşan alevlere bakıyor, ertesi gün kiliseye gidemeyeceğini düşünüyordu. Çünkü giderse komünyondan kaçınamazdı.

Hâlâ taşları çıkarılmış o kutsal kabı mı kullanıyorlardı acaba?

Hasta değildi. Bir grip başlangıcıydı bu. Sümkürmekten burnu kızarmıştı. Ocağın başındaki yerinden bulanık gözlerle eşyaya, insanlara bakıyordu. Mutfakta ocağın ışığından başka ışık kalmayınca, her zaman yatağın yalnızlığında ayaklanan görüntüleri, bu sefer uyanıkken görür gibi oldu.

Teyze yün örüyordu. Mia evin işi yoluna girdi mi hemen gider, çirkin pazenlerle, gümüş rengi patron kâğıtlarıyla dolu sepetini getirir, öyle bir durgunluk içinde dikiş dikerdi ki Edmée tırnaklarını kemirmekten kendini alamazdı.

Pazar sabahı yatağından çıkmadı. Herkes odasında giyiniyordu. At, arabaya koşulmuştu bile. Edmée birdenbire Fred'in evde olduğunu, onunla yalnız kalacağını düşününce öyle korktu ki, az daha kalkıp giyinecekti. Mia geldi, hastalığının artıp artmadığını sordu, isterse ona bakacağını söyledi.

— Hayır! Uyuyacağım...

Çikolataların dağıtıldığını, yazıhaneden dua kitaplarının alındığını döşeme tahtalarının arasından duyuyordu. Sonra araba uzaklaştı.

Edmée artık ne uyumak istiyordu, ne de yatmak. Aşağı inmek de istemiyordu. Çünkü evin en sevmediği yeri mutfaktı. Gürültü etmeden kalktı, çıplak ayak, tuvalet masasına gitti. Burnunun kırmızılığı geçmişti. Yüzünü ıslak bir havluyla sildi, tarandı, yatağını düzelttikten sonra uzandı, bekledi.

Evde çıt çıkmıyordu. Arabanın gürültüsü çoktan duyul-

maz olmuştu. Ahırda, kâhya, gıcırdatarak büyük kapıyı açı-
yor, inekleri çıkarıyordu. Fred uyuyor muydu acaba? Biraz
zaman geçince, insanın ancak bütün duyularını bir noktada
topladığında işitebileceği belli belirsiz sürtünmeler geldi kula-
ğına. Böyle anlarda sineklerin uçtuğu bile duyulur. Edmée
yanılmıyordu, üçüncü odada, Fred'in odasında, bir bardak tı-
kırtısı olmuştu. Çok korktu. Göğsü ağır ağır kalkıp iniyor, bi-
rer eliyle yakaladığı memelerini, bütün gücüyle sıkıyordu.

Bir şey çarptı fayans leğene. Belki de bir taraktı bu. Odala-
rın kilidi yoktu. Edmée gözlerini kapıya dikmiş bakıyor, ka-
nının ellerinden, başından, yüreğinden çekildiğini duyuyor-
du.

Sonunda koridorda terlik sesleri duyuldu. Evet, sonunda,
çünkü Edmée'nin bekleyecek sabrı kalmamıştı artık! Ama
Fred tokmağı çekine çekine çevirmeden önce, uzun süre
kulağı kapıda bekledi. Uyuduğunu sanıyordu belki Edmée'nin.
Başını kapıdan uzatır uzatmaz kızın, üstüne dikilmiş bakışla-
rıyla karşılaştı, içeri girmekle girmemek arasında bocaladı.

— Günaydın teyze kızı!

Edmée'nin çok iyi bildiği o ıslak gülümsemesiyle gülüm-
semeyi tercih etti. Kara bir pantolonla beyaz bir gömlek giy-
miş, saçlarını ayırarak taramıştı. Tatsız kokusu yayılıyordu
kozmetiğin.

— Daha iyice misin bari?

Cevap veremiyordu Edmée. Oğlanın yaklaştığını görüyor,
korkusunu belli etmemek için kasılıyordu. Ama işin doğrusu,
Fred'in elinden kaçıp kurtulmak da istemiyordu.

— İstersen sıcak bir şey getireyim sana?

Evet deseydi Fred gider, aşağıda ateşi yakar, kahve pişirir, aradan zaman geçerdi.

— Hayır.

Fred hep çıkıp gidecekmiş gibi, usul usul geldi, yatağın kenarına oturdu.

— Grip mi?

— Bilmiyorum.

— Neden kötü davranıyorsun bana? Ben birkaç gündür hep seni düşünüyorum...

Gemicilerin onu gördükleri, göz kırparak Fred'e ondan söz ettikleri günden beri, tam o günden beri, Fred'in kendisini düşündüğünü biliyordu Edmée.

— Ben seni düşünmüyorum.

Edmée'nin üstünde bir gecelikten başka bir şey yoktu. Örtülerini boğazına kadar çekmiş, sıkıca da tutmuştu. Fred yanlamasına oturuyor, kıza doğru dönebilmek için yatağa koyduğu eline dayanıyordu. Eli önce Edmée'nin bacağından on santimetre kadar ilerideydi.

— Nu tuhaf kızsın sen!

— Biliyorum.

Edmée çatarcasına konuşuyordu. Bedeni olduğu yerden bir milimetre bile kıpırdamıyordu.

— Hiç âşık olmadın mı sen?

Gülünçtü bu adam. O sulu gülüşü gibi, tatlılaştırmaya, yumuşatmaya çalıştığı bu ses de ona hiç yakışmıyordu.

— Sen istesen...

Elini kaldırıyor, farkında değilmiş gibi Edmée'nin dizine

dayıyordu. Bu elle dizi arasında üç kat örtü vardı, ama Edmée etini belli belirsiz mıncıklamaya başlayan bu elin sıcaklığını duyar gibi oluyordu.

Mia'nın, ağabeyinin cebinde bulduğu resmi düşünüyor, korkuyor, bütün kanı çekiliyordu. Yine de karşı koymuyor, çektiği işkenceye bir son vermek istemiyordu. Biraz daha dayanacak, ondan sonra gerileyecekti.

— Hiçbir erkek seni kollarının arasına almadı mı?

Fred'in yüzü terden parlıyordu. Yüz çizgileri kabaydı. Bu yarı sıkılganlık, yarı kendine güvenme ona acınacak, iğrenç bir hal veriyordu.

— Almaz olur mu?

Edmée o anda Fred'den alabildiğine nefret ediyor, onu çileden çıkarmak istiyordu.

— Hoşuna gitmedi mi?

Fred'in iri eli yükseliyor, dizini geçiyor, ince baldırına doğru uzanıyordu. Fred eğildi, başını Edmée'nin başına yaklaştırdı.

Artık bundan fazlasına dayanılamazdı. Edmée birdenbire ellerini örtülerin altından çıkardı, kudurmuş gibi Fred'in yüzünü tırmaladı. Ona kötülük etmek, yüzünde izler bırakmak istiyordu

— Pis!... Pis!... Pis!... diye bağırdı.

Fred kızı tutmaya çalıştı, ama ne mümkün! Edmée, genç bir kedi gibi tepeden tırnağa sinir kesilmişti. Oğlan kalkmak, yelkenleri suya indirmek zorunda kaldı. Elini yüzünden geçirince kanlar aktığını gördü. Kapıyı çarparak çıktı. Biraz sonra da kapının arkasından:

— Kimseye bir şey söylemeyeceksin, değil mi? diye mırıldandı.

— İstediğimi söylerim.

— Edmée! Yalvarırım...

— Pis!...

— Yemin ederim ki...

— Canım isterse söylerim!

— Yalvarırım!

Edmée yatağına oturmuş, her yanı titreyerek, tıka basa doymuş bir insan gibi gülümsüyor, odun ateşinin sıcaklığı gibi vücuduna yayılan bir rahatlığın tadını çıkarıyordu. Ama Fred onun bu halini göremiyordu.

∽ ∽

Edmée kimseye bir şey söylemedi. Kilise dönüşü herkes sofraya oturunca, Fred'e alaylı alaylı bakmaya başladı. Mia:

— Yaralandın mı? diye sordu.

— Tıraş olurken kestim.

Hem iyi, hem de endişe vericiydi. Her şey endişe vericiydi zaten. Yaşamın saat gibi işleyen düzenini bozacak bir yabancı olmadığı zaman evin havasına yayılan bu durgunluk bile endişe vericiydi.

O gün yağmur yağmıyordu. Bir güneş serpintisi bile vardı havada. Mia bu sefer de Edmée'ye:

— Fred'le birlikte kiliseye gitmeyecek misin? diye sordu.

Canı sıkkındı Mia'nın. Çantasının cumartesi geleceğini ummuş, oysa çanta gelmemişti.

O gün, bütün öteki pazarlardan daha boş, bomboş geçti.

Fred her zamanki gibi aldı başını gitti. Gelen giden de olmadı. Ne Louis dayı, ne de bir şişe bira ya da likör içmek isteyen bekçilerden biri. Yoldan bir bisikletli olsun geçmedi. Kanalda tek bir mavna bile yoktu.

Arada bir yağı tükenen bir kandil gibi kararan solgun güneşin altında boşluğun sınırsızlığı büsbütün belli oluyordu. Her pazar ya bir tavşan, ya bir tavuk pişirirlerdi. O gün tavşanın ya da tavuğun sıcak kokusu bile yayılmadı evin içine. Kalmış bir sürü yemek vardı yenecek.

Sofradan kalkar kalkmaz Edmée, Jef'i aradı. Oğlan kulübede yoktu, ateş de yanmamıştı. Su yolunda çalıştığını düşünerek kanala doğru yürüdü, ama orada da yoktu Jef. Edmée o zaman bütün yalnızlığını duydu. Nereye gideceğini bilemiyordu. Altına menekşe rengi taşları gömdüğü kavağın yanından, eğilip bakmayı göze alamadan, üç kez geçti. Toprak karıştırılmamıştı. İşaret olarak koyduğu bir odun parçası yerli yerinde duruyordu.

Saat onda evi dolaştı. Mia birinci katta, türkü çağırarak odaları topluyordu. Teyze ocağın yanında, çocukları giydiriyordu.

Edmée teyzeyle konuşamıyordu. Daha Fransızca öğrenmedikleri için çocuklarla da konuşamıyordu. İçten olmaya çalışarak karşılıklı gülümsediler. Edmée kendini avlulara attı.

Atı tımar eden kâhya Flamancadan başka dil bilmezdi, ama Edmée'nin bütün kapıları açarak birini aradığını görünce ıslık çaldı, sonra elindeki kaşağıyla uçtaki yapıyı gösterdi.

Edmée hiç buraya girmemişti. Atları nalladıkları yerdi burası. Pek seyrek kullanıldığı için iki kanatlı kapısı hep kapalı dururdu. Oysa işte bu pazar bacasından ince bir duman tütüyordu.

Edmée girdi içeri. Saklanmak isteyen birinin gürültüsüne benzer hafif gürültüler duydu. Duvarı dönünce ne yapacağını şaşıran Jef'i gördü.

— Ne yapıyorsun burada?

Taşların çalınmasından bu yana ilk kez gerçekten yalnız kalıyorlardı. Jef kızın yüzüne bakamıyordu. Edmée içinde ateş yanan demirci ocağını dolandı.

— Dilini mi yuttun?

Jef'in bakışlarında bir durgunluk vardı. Ama bu Fred'in bakışlarındaki durgunluğa benzemiyordu. Tersine, kötü bir şey söyleyecekmiş, sövecekmiş gibi bir hali vardı Jef'in.

Önüne bağladığı meşin önlüğün cebinden bir şey çıkardı, kıza yaklaşarak tek söz etmeden burnuna doğru uzattı.

— Nedir o?

Bir şemsiye ucuna benziyordu. Bir maden parçasıydı bu, daha doğrusu iki ayrı madenin birleşmesinden meydana gelmişti. Sapı demirdendi herhalde, ucunda daha açık renk bir madde vardı.

Jef, Edmée'nin gözlerinin içine dik dik bakıyordu. Genç kız:

— Anlayamıyorum... diye kekeledi.

— Paratoner!...

Edmée'nin büsbütün aklı karıştı, güldü.

— Niçin öyle duruyorsun? Anlatsana!..

— Kilisenin paratoneri... Ucu platinden... Sadelikle, hecelere basarak söylüyordu bunları.

— Gittim bu gece aldım.

— Çan kulesinin üstünden mi?

Tuğladan yapılmış, toprağın üstünde yassılmış gibi duran, alçak tavanlı, ince küçük kuleli Flaman kilisesi gözünün önüne geliyordu Edmée'nin.

— Sen delirdin mi Jef?

İnanıyordu delirdiğine Jef'in. Bir ağırlık, alabildiğine bir kayıtsızlık vardı üstünde. Ama bir öfkesi, bir kuyruk acısı olduğu da belliydi.

Cevap bile vermedi Edmée'ye. Elindeki penseyle platini demir saptan ayırdı, ocakta ısınan kabın içine attı. Sonra kapıya gidip baktı, kimsenin olmadığını görünce, atölyenin öbür ucuna doğru yürüdü.

Tıpkı bir köy aptalına benziyordu. Delilik akıyordu üstünden. Ama bakışı, ne yapacağını bilen bir insanın bakışı gibi kararlıydı. Bir sürü hurda demirin üstünden, eldiven kutusu büyüklüğünde tahta bir çekmece çekti çıkardı. Kutuyu, konuşmadan, Edmée'nin önüne bıraktıktan sonra körüğü işleterek ocaktaki kaba bakmaya başladı.

Edmée şaşırmıştı. Yaş meşeden yapılmış çekmece dantel gibi işlenmişti. Jef bu birbirine geçmiş çiçek nakışlarını kızkardeşinin işlemelerinden almış, sonra da çoğaltmıştı herhalde. Kapağın ortasına Edmée adının baş harfi oyulmuştu.

— Jef!

Jef elindeki işi bırakmadı, cevap verecek yerde, homurdandı.

— Ne yapmak istiyorsun, bu, bu şeyle?

Oğlan yine yanıt vermedi, ateşini körükledi. Maden nere-deyse akışkan hale gelince kabı maşalarla tutarak yaklaştı. Ne mi yapmak istiyordu? Tahtayı platinle işlemek, kapağa oydu-ğu harfi platinle doldurmak. Alnından terler akıyor. Edmée'nin gözü önünde çalışıyordu. Yüzünde herhangi bir duygu belirtisi yoktu. Yaptığı iş ne pek iyi oldu, ne de kötü. Harfin çevresinde tahta şurasından burasından karardı, ma-den de iki yerde yayıldı, beklenmedik doluluklar çıkardı or-taya.

Yine de Edmée'nin pek hoşuna gitti, çekmeceyi hemen alıp götürmek istedi.

— Daha bitmedi. Cilalayacağım daha.

Yüzünden o dikbaşlılık belirtisi silinmemişti. Bakışları öy-le tersti ki, birinden öç alacak gibiydi sanki. Ama Fred'den korkan Edmée ondan korkmuyordu. Sadece homurdanıyor-du Jef. İşte o kadar. Örneğin onu ensesinden öpmeye kalkışa-mazdı.

Olmayacak tehlikeli işler yapıyordu. Kutsal kabın taşlarını çalıyor, geceyarıları tek başına çan kulelerine tırmanıyor, sonra bir yelkenli miçosu gibi bir yana gizlenerek saatlerce çalışıyor, bıçağın ucuyla usanmadan tahtaları oyuyordu. Ama gözlerini Edmée'nin yüzüne kaldırıp bakmıyordu bile.

— Bana böylece ver bunu.

— Olmaz. Güzel değil.

— Ya ben güzel buluyorsam?

Edmée, Jef'in işini bitirmesine, çekmeceyle biraz daha oy-namasına meydan vermedi. Şalının altına soktuğu gibi kutu-yu, gitmeye kalktı. Kapıya vardı, çıkacaktı artık. Yine de geriye döndü:

— Teşekkür ederim Jef! diye bağırdı. Odasına girdiği zaman, çekmecenin karşısında:

"Keşke onu öpseydim!" diye düşündü.

Ama bu düşüncesinden hemen caydı:

"Hayır! değmez," diye kestirip attı.

Çekmeceyi menekşe rengi taşlarla, Jef'in getireceği başka yasak nesnelerle doldurduğunu görür gibi oluyordu. Oysa Mia'nın verdiği bir fotoğrafı koydu içine. Mia'yla Fred, Neroeteren panayırında çektirmişlerdi bu resmi. Hani şu tüfek atarken çektirilen resimlerden. Mia mutlu, gülüyordu. Fred tüfeği omuzlamış, bir gözünü yummuştu.

Akşam olunca Edmée, masanın başına çoktan yerleşen aileye tepeden bakarak, merdivenlerden bir kraliçe gibi indi. Jef dirsekleri masada, daha büyük bir iştahla yemeğini yiyordu. Teyzenin yüzü eskisi gibi donuktu. Yemek boyunca başını kaldırmadı. Arada bir söylediği Flamanca sözler yanıtsız kaldı. İyice duyulmuyordu zaten söyledikleri.

VII

Edmée'nin ateşi vardı. Teyze kızlarının en küçüğü Alice okulda kızıla yakalanmıştı. Bu hava, bu gök, bu toprak, dokunuyordu insana. Durmadan yağmur yağmıştı. Hâlâ da yağıyordu. Çürük bir maddenin içine gömülmüşlerdi sanki. Evde her şey küfleniyordu. Jambonun yarısını atmak zorunda kalmışlardı. Yataklarına girdikleri zaman çarşafları sırılsıklamdı.

Mia teyze kızının gribe yakalandığını söylüyor, ama Edmée, dışarı çıkabilmek için, hasta olmadığını ileri sürüyordu. İşin doğrusu, nesi olduğunu o da bilmiyordu. Nezlesi geçmiyordu bir türlü. Burnu kızardıkça kızarmış, durmadan akıyor, gözleri parlıyor, kulak arkaları derinden derine sızlıyordu. Ateşler içinde gözlerini yumunca, kafasının içinde tuhaf, anlatılmaz bir şeyler oluyor, başı büyümüş gibi geliyordu ona.

Edmée nezleden daha kötü bir hastalığa yakalandığını biliyordu. Daha uzaklardaydı, belki ta çocukluğundaydı bu hastalığın kökü. Dört beş yaşındayken hemen her gece uyurgezerlik krizleri geçirir, yatağında sıçrayarak doğrulur, çevresine korkuyla bakarak sayıklardı. Ya ev yanar, ya sular yükselir, ya duvarlar onu ezmek ister gibi yaklaşırdı.

Şimdi uyanıkken de bu çeşit krizlere kaptırabiliyordu kendini. Gözlerini yumar yummaz, kafasının içinde birtakım görüntüler kaynaşmaya başlıyordu. Kimi akşam sinirden, boğuntudan uyuyamıyor, ama bu boğuntunun neden ileri geldiğini kendi de kestiremiyordu.

Ateşi vardı. Düşmesini istemiyordu ateşinin. Şimdi bile kulübede, kendi eliyle yaktığı ocağın karşısına geçmiş, kapıyı kilitlemiş, başı dönünceye kadar gözlerini alevlerden ayırmamıştı. Odunların sıcaklığı, bedenindeki sıcaklığa karışıyor, Edmée hem hazdan bitiyor, hem de korkuyordu.

Yoksa o da kızıl mı oluyordu? Sinirini bozuyordu bu düşünce, ölümden korkuyordu. Niye göndermiyorlardı sanki Alice'i hastaneye? Üstelik burada bakılamıyordu kızcağıza. Doktor bile günde bir defadan fazla gelemiyordu.

Alevin, hele çam kozalağı alevinin dibinden korkunç bir ışık fışkırıyordu. Alevlerin uçları, burun deliklerine bastırmak için elindeki mendili yumak yapan Edmée'nin gözlerini gerçek iğneler gibi deliyordu.

Öğleden sonra Jef'i görmemişti. Nerede çalıştığını bilmiyordu. Gereksinimi de yoktu ona. Zaten Jef gittikçe daha az konuşuyordu. Korkunç bir hal vardı üstünde. Hele bakışları, omuzunuza dayanan bir el kadar ağırdı. Yalnız olduğunuzu sandığınız anda biri size dokunsa nasıl yerinizden sıçrarsanız, Edmée de Jef'in kendisine baktığını fark edince öyle sıçrıyordu yerinden.

Fred'e gelince, nerede olduğunu biliyordu onun. Fred yazıhanesine kapanmış, saat öğlenin üçünde yakmış lambayı, gelir vergisi bildirimi için hesaplar yapıyordu. Onun bakışları hiç de gizemli değildi. Ama Edmée hep Fred'i görüyordu korkulu düşlerinde. Daha diri, daha canlı bir Fred'di bu. Yüzündeki aykırılık büsbütün artıyor, gözleri yuvalarından uğruyor, Edmée'yi koridorda görünce yüzünde beliren o hem sıkılgan, hem kendini beğenmiş sulu gülüşüyle ağzı yayılıyordu.

Fred'in bu gülüşü Mia'nın da gözünden kaçmamıştı.

— Sanırım Fred sana tutkun!

Tutkunmuş! Mia da, Edmée gibi, bunun ne demek olduğunu bilmiyor muydu sanki? Ağabeyinin cebindeki o rengi atmış fotoğrafları da mı görmemişti? Hasselt'e bir haftacık bile gitmemezlik edemediğini anlamıyor muydu?

Al bakalım! Bu hafta gitmemişti işte. Edmée'nin yoluna çıkmak, onu yazıhaneye çekmek için boşu boşuna çareler arıyordu. Bir seferinde yanından geçerken eliyle göğsünü, tam da sağ göğsünü yakalayabilmiş, böyle ele geldiğini görünce şaşırmıştı.

Öfkeden sarsıldığı, bedeninin bir içgüdüyle kasıldığı o anı Edmée bilerek, isteyerek, belki yirmidir hatırlıyordu.

Ateşi vardı. Ateşten, kırmızı ışıktan, sıcaktan sarhoştu. Kulakları ateşin çıtırtısına uyarak uğulduyordu.

Dışarıda çisil çisil, bembeyaz bir yağmur yağıyordu. Camlardan dışarısı görünmüyordu. Yağmur damlalarına baktıkça Edmée'nin gözleri sulanıyordu.

Bütün bedeninde bir sabırsızlık, karşı koyamadığı bir ürperme vardı. Bir önsezi diyordu buna Edmée. Babasının ölümünde de, daha bir şeyden haberi yokken aynı şeyleri duymuştu.

Yağmur damlalarının arasından evin üst katında küçük bir ışık seçiliyordu. Alice'in yattığı odaydı bu. Aşağı katta,

Fred'in eğik sırtını aydınlatan başka bir lamba daha vardı.

Ne olabilirdi sanki! Sabahleyin bisikletli bir jandarma görünce korkmuştu, ama jandarma çiftlikte çalışan işçilerle ilgili bir iş için gelmişti.

Edmée artık sincap derilerine bakmıyor, Jef'in bunlarla ona kürk yapmasını istemiyordu. Menekşe rengi taşları gömdüğü o ağacın altına bile, sekiz gündür gitmemişti. Kapağında adının baş harfleri yazılı çekmeceyi nereye koyduğunu bilmiyordu, aramıyordu da.

Bir derdi vardı. Alice için böyle demişlerdi de, kızın hastalığı iki günlük bitkinlikten sonra çıkmıştı. Düşünmekten kulak arkalarındaki iki küçük kemik sızlıyordu. Yanan gözleri ortalığı bulanık görüyordu.

Kalktı, yağmurda avluyu geçti, koridordan paltosunu aldı. Fred'in yazıhane kapısının altında bir ışık çizgisi vardı. Fred'in kapıyı açmak için kalktığını fark etti.

— Nereye gidiyorsun?

— Gezmeye.

Mutfakta ilk kez kimsecikler yoktu. Teyzeyle Mia dikiş sepetlerini alarak Alice'in başucuna yerleşmişlerdi. Fred bir şey söyleyecek gibi oldu, vazgeçti. Edmée de bu arada dışarı çıktı.

Daha akşam olmamış, ama bütün çizgiler silinmeye yüz tutmuştu. Edmée gözünün önünde Jef'in ilk sincabı öldürdüğü o küçük ormana doğru yürümeye başladı. Aradan zaman geçmiş, ormanda kesim yapılmış, odunlar ağaçların altına dizilmişti.

Edmée Fred'in arkasından geldiğini biliyordu. Kapı gıcırtısını duymamış olsa da bilecekti bunu. Korkuyor, yine de arkasına bakamıyordu. Çayırları dikdörtgenlere ayıran, gövdeleri yağmurdan mürekkebe batmış gibi kapkara kesilen kavaklar kasvet veriyordu insanın içine. Kanal her gün, her saat renk değiştiriyordu, ama her yer karardığı için şimdi gökyüzünden bile aydınlıktı. Parlak, ışıltılı bir beyazlık kaplamıştı üstünü.

Edmée arkasına bakmadan ormana daldı. Ağaçların karaltısı altına girerken ürperdi. Yine de dalların istif edildiği yere kadar sinirleri gergin, yürüdü. Adeta kuruydu burası. Yağmur çamların kara kubbesini aşamıyordu. Yalnızca oradan buradan tane tane düşen damlalar, sarı çam iğnelerinin arasında gölcükler oluşturuyordu.

Edmée kütüklerin üstüne oturdu. Fred'in geldiğini bildiği için başını eve doğru çevirmek istemedi. Oturduğu yerden, görmese de Alice'in odasında hâlâ küçük bir ışık yandığını biliyordu.

Çamların altında ayak sesi duyulmuyordu. Edmée, Fred'in yaklaştığını, yanıbaşına kadar sokulduğunu, sonra da onu ürkütmemek için bir şeyler söylemek istediğini birdenbire hissetti.

— Sevgilini mi düşünüyorsun?

Edmée hızla arkasına dönerek gözlerini Fred'in gözlerine dikti. Her zamankinden daha şaşkın bir hali vardı Fred'in. O da saatlerce ateşe bakmış gibiydi. Edmée'nin yanına oturdu. Edmée çekildi. Biraz daha sokuldu Fred.

— Ne istiyorsun benden?

Odasına geldiği gün bundan daha az korkmuştu Fred'-

den. O pazar günü toprak da bundan daha az ıslaktı, daha az üzgündü doğa sanki, daha az bitkin. Üstelik Alice hastaydı şimdi, mutfak da boş. Jef bütün gün orada burada dolaşıyor, kulübeye bile gelmiyordu.

— Neden bana hep kötü davranıyorsun?

— Kötü davrandığım filan yok!...

Teyze oğlunun onu belinden sarmak için kolunu kaldırdığını anladı, ama kıpırdayamadı bile. Düşlerinde de böyle oluyor, bacaklarının anlaşılmaz ağırlığı onu yere mıhlarken eli ermiyor, gücü yetmiyordu.

— Bütün gün aklımdasın! Doğru dürüst iş de yapamıyorum. Senin başka kızlara benzemeyen bir halin var.

Her şeye karşın Edmée'nin dudaklarında bir gülümseme dolaştı. Fred onun öteki kızlara benzemediğini anlamıştı demek!

Fred, dizinin birini teyze kızının bacağına dayamıştı. Ama Edmée'nin bacağı bir yay kirişi gibi öylesine gerilmişti ki artık hiçbir şey duymaz olmuştu.

— Uyuyamıyorum da!...

Edmée'nin bacağı gibi gerilen beline sarıldı. Onu kendine doğru çekmeye çalıştı. Edmée karşı koydukça Fred altüst, kıpkırmızı, giderek mosmor, bir şeyler mırıldanıyordu. Şehvet içini öyle bürümüştü ki, o gülüşün yerine kötü bir istek belirtisi almıştı şimdi.

Edmée bir bakışta bu değişikliğin farkına varınca ne yapacağını şaşırdı, Fred'in kollarından sıyrılmak için soluk soluğa çabalamaya başladı.

— Olmaz! Bırak beni... Olmaz!...

Fred'in yüzü, gittikçe yüzüne yaklaşıyordu. Elleri bedeni boyunca yükseliyor, şimdi de göğsünü mıncıklıyordu.

— Canımı acıtıyorsun!

En korkunç düşlerinde bile bu kadar korkmamıştı. Ne nerede olduğunu biliyordu, ne de başına neler geldiğini. Korkuyordu. Kaçmak istiyordu. Bağırmak istiyor, ama bağıramıyordu. O ara evin penceresinde o küçük ışığı gördü, belki de öyle geldi ona.

— İstemiyorum!

Fred bir eliyle Edmée'nin göğsünü ezerken, öteki eliyle bütün bedenini okşuyor, dizinin üstünde duruyor, sonra giysinin altından yukarıya doğru çıkıyordu. Tam çorabın bittiği yerde bu eli etinde duyunca Edmée deliye döndü.

— İstemiyorum!

Fred'in altında yarı yarıya arkaya sarkmıştı. Kütükler kemiklerini kıracak kadar acıtıyor, Fred'in elini bedeninde beceriksizce dolaştırdığını duyuyordu.

Birdenbire deli gibi gülmeye başladı. O koca el iç çamaşırlarının arasında her yanını yoklayarak kabaca gezinirken Fred sabırsızlanıyor, Edmée gülüyordu.

Fred'in ona deli gibi baktığını, bakışlarının gittikçe hainleştiğini görüyordu.Fred, her yerde engellere çarpan bir hayvan gibi homurdanıyordu.

Edmée durmadan gülüyordu. Gülmekten boğazı ağrıyordu. Geriye doğru sarkıyor, başı karnından daha aşağılara düşüyordu. Bütün bedeni demir gibi sertleşmişti.

— Bırak beni!

Artık gülmemek elinde değildi. Bir yokuştan iner gibi gülüyordu. Ama içinde hep kaçmak, ağlamak, yerlere kapanarak ağlamak isteği vardı. Oysa işte gülüyor, tırnaklarını Fred'in moraran boynuna geçirerek gülüyordu.

Birdenbire bıçakla kesilmiş gibi durdu gülüşü. Fred de durdu. Başka biri gülmüş, bir hışırtı olmuştu. Biri vardı oracıkta.

Fred öyle beceriksizce doğruldu ki, birlikte teyze kızım da sürükleyerek yere, çam iğnelerinin üstüne yuvarlandı. Kalktığı zaman üstü başı, saçları çam iğnesi içindeydi.

Hemen oracıkta gülen kimseyi arıyor, ormanın karanlığında araştırıyor, ama bulamıyordu.

Ayağında vernikli saboları, başında kırmızı örme başlığı, bedenine sımsıkı sarılı atkısıyla küçücük bir çocuktu bu. Kırmızı yanakları, büyük ağzı, alaycı mavi gözleriyle tuhaf, kaba bir yüzü vardı.

Fred onu yakalamak isteyince gülerek sıçradı. Önce ele geçmeyecek gibi görünüyordu. Flamanca alaycı tümceler söylüyor, hep aynı sözcüğü yineliyordu üstüne basa basa. Fred onu boynundan yakaladığında, yine aynı şeyi söyledi.

Ama Fred gülmüyordu. Belki de gülünç olmamak için alabildiğine korkunç bir tavır takınmıştı. Edmée'nin beş metre açığında, oğlanı tartaklıyor, Flamanca homurdanıyordu.

Edmée:

— Kimseye bir şey söylemeyeceğine söz ver! anlamını çıkardı bu homurtudan.

Edmée'ye, onunla birlikmiş gibi bakıyordu bacaksız.

— Söz ver söylemeyeceğine!...

— *Neen...*

Olmaz! Kararlı bir edayla söylüyordu bunu. Tehlikede olduğuna inanmıyordu. Gülüyordu! Belki o da, Edmée gibi, bilinmeyen bir gücün pençesindeydi!

— Söz ver!

— *Neen!...*

— Söyleyecek misin?

Çocuk Edmée'ye bakıyordu. Büyümüş de küçülmüş gibi bir hali vardı. Edmée'yle gözgöze gelince bakışları tatlılaşıyor, sevdalı bir hal alıyordu adeta.

— Kimlere söyleyeceksin peki?

Edmée konuşmanın ne demeye geldiğini tahmin ediyordu.

— Herkese!

Fred sarsıyordu oğlanı.

— Beş frank veririm söylemezsen...

— *Neen!...*

Edmée yeniden sinirli sinirli gülmeye başladı. Güldüğüne kendi de şaşıyor ama böylelikle içindeki korkuyu atıyordu. Teyze oğluna, şu gülünç manzaraya, kendinin de onların da haline gülüyordu. Fred durmadan oğlanı tartaklıyordu.

— Söylemeyeceksin diyorum sana!

— *Neen!...*

Edmée'nin gülmesi bu sefer çocuğa geçiyordu. Edmée gibi, bir ateşin pençesindeydi o da.

— Söylemeyeceksin!

— *Neen!... neen!... neen!...*

Son bir kez daha sormak için Fred, bu ufaklığı başına kadar kaldırdı.

— Neen!... neen!... neen!...

Artık gülüyor mu, ağlıyor mu belli değildi. Tam bu ara Edmée gülmesini kesti. Bir felaket olacağını, ama artık iş işten geçtiğini de anlamıştı.

Hırstan, utançtan, öfkeden deliye dönen Fred, Flamanca söverek oğlanı yere fırlattı.

Çocuk bir çam kütüğüyle yumuşak iğnelerin üstüne düştü. Ama başı çam kütüğüne rastlamıştı. Artık gülmüyordu. Bedeni ağır ağır, usulca kıpırdıyordu. Ellerinden biri yüzüne kadar yaklaştı, bir parmak kala durdu. Belli belirsiz bir ses, anlaşılmaz bir sözcük duyuldu. Belki de bir inlemeydi bu.

Edmée iki eliyle memelerini kavramıştı. Fred her zamankinden daha iri, daha büyük görünüyordu göze. Başı yerde, çocuğa bakıyor, hâlâ öfkeyle söyleniyordu. Oğlandan ses seda çıkmayınca, bir adım attı, boğuk ama daha tatlı bir sesle bir şeyler söyledi.

Edmée kendi de farkında olmadan:

— Ölmüş! diye bağırdı.

Anlamıştı öldüğünü çocuğun. Oğlanın sarı saçlarında kan damlacıkları parlıyordu.

Kırmızı örme başlığı yerdeydi. Sabolarından biri, bükülmüş küçük ayağında hâlâ duruyordu.

Fred ellerini yüzünden geçirdi. Yaklaşmaya cesaret edemiyordu. Az kalsın kaçacaktı. Bu sırada oğlanın ellerinden biri son kez hafifçe kıpırdadı.

Çocuğun ölüsüne iki kişi değil üç kişi bakıyordu. Jef kimseye görünmeden gelmiş, alanı geçmiş, çocuğun üstüne eğilmişti. Fred'le Edmée onu o zaman gördüler.

Biraz rahatlar gibi oldular. Jef doğrulunca evin, gece karanlığının içinde parlayan, küçük aydınlığına doğru döndü. Fred bir ağaç gövdesine dirseklerini dayamış, birdenbire aptalcasına ağlamaya başlamıştı. Üstü başı çam iğneleri içindeydi.

Alanın ortasında ayı gibi sallanan Jef sonunda Edmée'ye bakmadan:

— Eve dön, kimseye bir şey söyleme! dedi. Ağzını açayım deme!...

O ara Fred başını kaldırdı, kekeleyerek:

— Ne yapacaksın? diye sordu.

— Dönsün eve bir kere, ağzını kapasın!...

Edmée bitkinlikten yürüyemiyordu. Böyle gözlerini dikip ölüye bakmayı sürdürürse, içinde bir şey kopacak gibi geliyordu ona. Fred'in sesini yankılar gibi:

— Ne, yapacaksınız? diye sordu.

— Bakalım.

Kaçıp gitti. Dayanamayacaktı artık. Eve hangi kapıdan girdiğini bile fark etmedi. Mutfakta ateş sönmüştü. Ama döşeme taşlarının üstünde yürümeye başlar başlamaz yukarıda bir kapı açıldı, Mia'nın sesi duyuldu:

— Sen misin Edmée?

— Evet.

— Ateşi yakar mısın? Ben Alice'in başından ayrılamıyorum, yemek zamanı geldi de...

Edmée bir parça kâğıtla çalı çırpı getirdi. Karanlıkta dolaşıyor, kibriti bir türlü bulamıyordu. Sonunda ocağın üstünde eline çarptı kibrit kutusu.

Üşüyordu. Ocaktan yükselen alevlerden korkar gibi oldu. Mia yukarıdan bağırıyordu:

— Ateşe su koy da, kaynasın.

Tulumba gıcırdayarak işlemeye başladı. Kolun her inişinde, hastalıklı gibi, zorla soluyordu. Edmée şimdi de yere yuvarlanmaktan, bayılmaktan, mutfağın akçıl taşlarına serilivermekten korkuyordu. Ama bayılmadı. Mia yukarıdan indi, çorbaya konacak sebzeleri ayıkladı. Alice'i anlatmaya başladı. Söylediğine göre ateşten sayıklıyordu çocuk.

Sokak kapısı açıldı; ayak seslerinin yazıhaneye doğru gittiği duyuldu. Fred görünmeden:

— Edmée! diye seslendi.

Sesini doğallaştırmaya çalışıyordu. Edmée az daha yanıt vermeyecek, bir yere saklanacak, belki de odasına kapanacaktı. Yine de lambanın yanık kaldığı yazıhaneye girdi. Fred saçlarına çekidüzen veriyordu. Masanın üstünde faturalarla açık bir yevmiye defteri duruyordu.

— Jef kimseye bir şey söylemeyin diyor. Kapıyı kapa. Bunların onüç çocuğu var. Yoksul insanlar. Kesinlikle odun çalmak için gelmiştir oraya...

Edmée konuşamıyordu. Gözlerini Fred'in giderken masanın kenarına bıraktığı pipoya dikmiş, bakıyordu.

— Bu gece Jef'le bir çaresine bakacağız...

Çok bitkindi Edmée. Baktığı her şey gözünde alabildiğine büyüyor, canlanıyor, sanki ona düşman kesiliyordu. Gözleriyle, baktığı her şey arasında, o kırmızı başlığın biçimsiz lekesi duruyordu hep.

— Güvenebilir miyim?...

Fred tumturaklı bir edayla ona doğru geliyordu, ama bu sahnenin sonunu getirecek takat yoktu Edmée'de.

Kapıdan çıkarken ne dediğini kendi de bilmeden:

— Peki! dedi. Olur!... Olur!...

Midesi bulanıyordu. Durmadan midesi bulanıyordu. Kusmak istiyordu. Mutfakta Mia domuz yağını iri iri diliyordu.

— Neyin var?

— Benim mi? Hiç...

— Fred mi yine?

— Hayır. Galiba hastayım ben.

Ama odasına çıkmaktan, yalnız kalmaktan çekiniyordu. Alçak tabureye oturdu, ocağın karşısına geçti, başını ellerinin arasına aldı. Tiril tiril titriyordu. Mia patates soyuyor, duvar saati, deli gibi saniyeleri sayıyordu.

VIII

Kapı usulca kapanınca Edmée doktorun önce koridordan geçtiğini, sonra merdivenlerden indiğini duydu. Mutfağa gireceğini, orada teyzenin önüne içki testisini koyacağını biliyordu. Döşeme tahtalarının arasından yükselen konuşma mırıltısını duyunca, üstündeki örtüleri iterek çıplak ayaklarıyla yere indi. Yatağın kenarına oturdu. Şimdi kendini aynada görüyor, hastalığın verdiği bir dermansızlıkla kendi kendine gülümsüyordu.

Heyecan verici güzellikte buluyordu kendini. Teni büsbütün durulaşmış, saçları yok denecek kadar incelmişti. Geceliğinden, memelerinden birinin ucu görünüyordu. Edmée kaşlarını çatmış meme ucuna bakarken yeniden güldü. Göğsü de değişmiş, daha pembeleşmiş, daha canlanmıştı. Serpilmişti sanki.

Pırıl pırıldı ortalık. Bir iskemleye dizlerini koyarak, her zaman camına alnını dayadığı pencereye yaklaşınca, tam kavak ağaçlarının ucunda, sarı akide şekeri rengindeki güneşi gördü.

Yalnız güneş mi! Ortalık baştanbaşa şekerleme renklerine bürünmüştü. Göz alabildiğine uzayıp giden yepyeni, taptaze otlar açık yeşildi. Meyve bahçesindeki elma çiçekleri pembeye çalıyordu. Tazeliğin verdiği bir mayhoşluk sarmıştı sanki doğayı. Yeşilliği dikdörtgenlere ayıran duru, ince kanallar bile mayhoşmuş gibi geliyordu insana. Sanki su yalnızca soğuk değildi de lezzetliydi hem de.

Edmée'nin odasına bir soba kurmuşlardı. Odanın hamam gibi sıcaklığına karşılık dışarısının, şakaklarını cama dayadığı zaman içine yayılan serinliği. İşte bu aykırılığa bayılıyordu Edmée. Hemen oracıktaki çayırda inekler otluyor, uzaktan, çok uzaktan, birbirine sokulmuş koyunlar geçiyordu.

Martın sonu muydu, yoksa nisanın başı mı? Edmée kestiremiyordu bunu. Bütün günler birbirine benziyordu. Gerçekten hasta olmuştu kızcağız.

Artık o koruyu ne görmek ne de düşünmek istiyordu. Depodan başlayarak dal budak salan ve toprağı sulayan kanallara bakmak da gelmiyordu içinden. Ama durmadan hep bunları düşünüyordu. Belki hastalığı da bu sayede geçmiyordu.

Çünkü Edmée hastalığının geçmesini istemiyordu. İyi olmaktan, ev halkının arasına yeniden katılmaktan çekiniyordu. Köşesinde, yatağında, odasında, herkesten uzak yaşamak hoşuna gidiyordu. Yavaş yavaş kendine göre bir hava yaratmıştı odasında. Küçücük bir şeyle avunabiliyordu. Yatağına uzanınca, duvar kağıdının başının biraz üstüne rastlayan çiçeği öteki çiçekler gibi değildi sözgelimi, fazladan kırmızı bir lekesi vardı. Gözlerini yarı yarıya yumduğu zaman bu leke Louis dayının yüzüne benziyordu. Hem o kadar canlıydı ki, gözlerini iyice açınca benzerliğin kayboluvermesine şaşıyordu.

Sobanın demirinde açık renk bulutlar görüyor, bir çatlağı kilise çan kulesine benzetiyordu. Üstüne üstlük içinde öteberisini sakladığı büyük bir kutusu vardı. Bunları hemen hemen her gün birer birer elden geçiriyordu.

Doktor hastalığın bu kadar yavaş geçmesini anlayamıyordu. Şunun şurasında bir bronşitti bu. Alice'in kızılı bile üç haftada geçmiş, çocuk kardeşleriyle okula gitmeye başlamıştı.

Ama doktor bilmiyordu işin içyüzünü. Kimse bilmiyordu. Edmée acıyarak bakıyordu onlara. Asıl haksızlık, asıl şaşılacak şey, bronşit gibi önemsiz bir hastalığa yakalanmasıydı.

Ne zaman istese, sadece şöyle bir uzanıp bazı şeyleri aklına getirmekle ateşini çıkarabiliyordu. Doktorun bir dahaki gelişinde çıkaracaktı ateşini.

— Bence artık aşağı inin, kardeşlerinizle tatlı tatlı vakit geçirin! demesini istemiyordu doktorun.

Hayır! Onlarla vakit geçiremezdi. Korkunç bir şey olurdu bu!...

Oğlanın gecesi —Edmée bu adı vermişti o geceye— Alice'in çok ateşi olduğu için teyzesiz yemek yemişlerdi. Çocuğun sayıkladığını, birbirini tutmayan Flamanca sözcükler söylediğini duyuyorlardı. Fred'le Jef gözlerini masaya dikmişler, yemeklerini konuşmadan yiyorlardı. Edmée elini yemeğe sürmemişti. Yalnız Mia olağanüstü bir şey geçtiğini fark etmiyor, durmadan konuşuyordu.

Edmée odasına çıkar çıkmaz ışığı yakmadan, soyunmadan yatağa oturmuştu. Aşağıdaki gürültülere kulak veriyordu. Fred'le Jef'in dışarı çıkacaklarını, hem de neden çıkacaklarını biliyordu. Onların yanında olmak istiyordu. Evet, kesinlikle o da bulunacaktı.

İkisi de şu anda odalarına girmiş, kulak kabartmış, tıpkı

onun gibi, evdekilerin uyumasını bekliyorlardı. İşin tuhafı fırtına birdenbire duruvermişti. Pamuk yığınına benzeyen iki bulut arasından arada bir ay görünüyordu. Yağmur dinmişti. Yalnızca çatıdan pencere içlerine damlalar düşüyordu.

Alice uzun zaman sayıklamıştı. Teyze başucunda uyuyakalmıştı herhalde. Edmée'nin de yatağın kenarında içi geçmişti. Sıçrayarak uyandığı zaman evin içinde çıt çıkmıyordu.

Edmée korkmuştu. Hemen pencereye koşmuş, gözlerini açarak bakınca, çayırların arasında kımıldayan küçücük bir ışık görmüştü.

Bu ışığın neyin nesi olduğunu biliyordu. Omuzuna şalını bile almamıştı. Gürültü etmeden çıkmış, dışarıda yeniden bir korku düşmüştü içine. Yalnızlıktan, karanlıktan, ovada olup biten her şeyden, her şeyden korkuyordu. Islak çayırların arasında bata çıka, soluğu bitinceye kadar koşmuştu. Kimi zaman ışıkları gözden kaybediyor, bir başına kaldığını sanarak deliye dönüyordu.

Soluyordu. Teyze oğullarının yanına gitmekten ya da kim olursa olsun birini bulmaktan başka bir şey düşünmüyordu. Ardında ev kapısız, penceresizmiş gibi kapkaraydı.

Birdenbire, düşündüğünden çok daha önce Fred'le çarpışmıştı.

— Şışş!... demişti Fred.

Edmée bundan sonra hiç kımıldamamıştı. Sanki saydam bir buz parçasının içine hapsedilmiş gibiydi. Gözlerini dört açmış bakıyor, can kulağıyla dinliyor, zangır zangır titriyordu.

Büyük kanal setinin yamacında, deponun yanındaydılar. Jef'le Fred iki metre arayla duruyorlardı. Böyle kımıldamadan, konuşmadan neye baktıklarını merak etmişti Edmée. Çok geçmeden bir su sesi işiterek, dar kanaldan kara suyun aktığını fark etmişti. Gözleriyle çocuğun ölüsünü aramış, ama teyze oğullarının getirdiği bir kürekten başka bir şey görmemişti.

Olacak şey değildi bu! Fred'le Jef yaşıyorlar mıydı? İki hortlak mıydı yoksa gördüğü?

Su hep akıyor, seviyesi durmadan azalıyordu. Yine de hareketsiz, konuşmasız uzun bir saat geçmişti, dondurucu, öldürücü bir saat. O zaman yalnızca Jef harekete geçmişti. Hareketsizliğe öylesine alışmışlardı ki, yadırgamışlardı bunu.

— Tamam, demişti Jef.

Başka da bir şey söylememişti. Dar kanalın suyu boşalmıştı. Dibin çamuru görünüyordu. Jef kürekle kanala inmiş, yavaş yavaş uzunlamasına bir çukur kazmıştı. Fred hiç kımıldamıyordu.

Jef çamurdan diz boyu indiği halde hâlâ kazıyordu. Arkasında eski bir konserve kutusu çamura gömülmüş duruyordu. Jef:

— Tamam! diye yinelemişti.

Edmée yanı başında duran Fred'in yerinden sıçradığını, sessizliğin, hareketsizliğin baskısından çıktığını hissetmişti. Ama Fred'in yürümek için kendini zorlaması gerekiyordu. Üç metre kadar gitmiş, eğilmiş, yerden kollarına bir şey alarak doğrulmuştu. Bu sırada Edmée yumruğunu ağzına sokuyordu.

Fred yükünü Jef'e verinceye, Jef de cesedi deliğe boylu boyunca uzatıncaya kadar Edmée soluk almamıştı. İşte o zaman hasta olacağını anlamıştı. Hasta olmak da istiyordu. Ateşinin çıkmasını istiyordu, düşünmemek için.

Üşüyordu, başı boğazı ağırıyordu. Gözleri hep açık olduğu halde, bir iki saniye hiçbir şey görememişti. Aklı başına geldiği zaman, Jef'in açtığı bent kapağından sular kaynayarak fışkırıyordu.

Fred birkaç adım attıktan sonra neden boylu boyunca yere uzanmıştı acaba? Yerde böyle üç dört dakika kalmış, sonra inleyerek doğrulmuştu. Edmée, Fred'in bayılmasına ramak kaldığını neden sonra anlamıştı.

Bitmişti bu iş! Su gittikçe yükseliyor, ay ışığında yeniden hafifçe şıpırdıyordu. Islak otların içinde ağır ağır, karanlık eve doğru yürümüşlerdi. Koridorda konuşmadan pabuçlarını çıkarmışlardı.

Ertesi gün Edmée hastalanmıştı. Yatağında kıpkırmızı, ateşler içinde yatıyor, parlak gözleriyle doktora bakıyordu. Döndükten sonra bütün gece zangır zangır titremişti. Şimdi bile, elinde olmadan, arada bir dişleri birbirine çarpıyordu.

— İnşallah bronşitten öteye geçmez hastalık!...

Edmée duymuştu bunu. Her şeyi duyuyor, her şeyi görüyor, her şeyi anlıyordu. Ama onun istediği bronşit değildi. Ağır bir hastalık istiyordu, menenjite yakalanmak istiyordu sözgelimi. Bu yüzden kendini zorluyor, koruluğu, kanalı düşünüyordu.

Birtakım şuruplar, kaynar kaynar çaylar içiriyorlardı Edmée'ye. Bir gün önce başı dönünceye kadar seyrettiği ateş gibi, bedeninin de kor haline geldiğini sanıyordu. Terliyordu. Canlılığı, sıcaklığı, kokusu, yatağına siniyordu. Üç gün sonra doktor Mia'ya usulca:

— İşler yolunda, demişti. Zatürreeden korkmuştum, ama artık tehlikeyi atlattı sanıyorum.

İşte o zaman Edmée zatürreeye tutulmak istemişti. Odada yalnız kalınca sendeleyerek kalkmıştı. Gözlerinin önünde küçük parlak lekeler dolaşıyordu. Leğeni suyla doldurmuş, sırtında bir gömlek, içinde ayakta durmuştu. Buz gibiydi su, bedeniyse sıcacık. Soğuğun yükseldiğini, ayak bileklerine, oradan dizlerine çıktığını duyuyordu.

Yine de zatürreeye tutulmamıştı. Bronşiti bile artmamıştı. Ama doktor korkuyordu. Çünkü Edmée artık kalıp gibi yatıyor, yataktan kalkmak istemiyordu.

Odasındaki eşyaların yaşamaya başladığını, duvar kağıdındaki o çiçeğin Louis dayıya benzediğini, hastalığının bu ilk günlerinde keşfetmişti.

Şimdi artık bütün köşeyi bucağı canlılarla dolduruyordu. Yeni yeni huylar edinmişti. Postacının geldiği saatlerde mutlaka pencereden bakıyordu. Pırıl pırıl bir bisikleti vardı postacının. Kırmızı mühürlü, resmi bir mektup getirmedikçe hiçbir tehlike olmadığını biliyordu Edmée.

Aradan iki ay geçmişti. Edmée eskisi gibi düşünmüyordu artık. Koruluktaki olayın ayrıntılarını güçlükle hatırlıyordu.

Yalnızca gece yarısı yükselen suyun gürültüsü hiç çıkmıyordu aklından. Üstelik yeşil çayırların içinde dümdüz uzayan, pırıl pırıl kanallar hep gözünün önündeydi.

Su öylesine duruydu ki, bir kaynaktan içer gibi avuçla içebilirdi insan. Oysa oluklara gelmeden önce, tam da oradan...

Oğlanı, oğlanın yüzünü de iyice anımsamıyordu. Ama kaba yünden örülmüş kırmızı başlığını unutamıyor, gülerek:

— *Neen!... neen!... neen!...* deyişi kulağından gitmiyordu.

Önceleri Jef'i de, Fred'i de görmek istememişti. Ama bir gün uyanınca Fred'i kapı aralığında gördü. Öyle çekingen, boynu bükük, acınacak bir hali vardı ki, içeri girmesi için işaret etti. Fred zayıflamamıştı, beti benzi solmamıştı, kanlı canlı bir insan olmak kabahat değildi ya! Ama o eski çalımı da kalmamıştı.

— Ne zamandan beri özür dilemek istiyordum senden.

O zaman Fred'in neden öyle yüzüne acıyarak baktığını anladı. Yatağın içinde ufacık görünüyordu herhalde. Belki de Fred onun öleceğini sanıyordu. Acıyordu ona Fred, hem öyle acıyordu ki gözleri sulanıyor, ıslanan gözlerini göstermemek için başını çeviriyordu.

— Özür diliyorum senden...

Edmée sesini çıkarmadı. Dermansızmış, konuşacak hali yokmuş gibi bir tavır takındı. Bitkin bir edayla gözlerini yumdu. Fred duruyor, heyecanla ona bakıyordu. Sonra ayaklarının ucuna basarak odadan çıktı.

İki gün sonra, Hasselt dönüşü, mavi deriden, sırma işlemeli bir çift terlik getirdi Edmée'ye. Sabahleyin erkenden gürültüsüzce girdi odaya; genç kızın kirpiklerinin arasından kendisine baktığını fark etmeden, terlikleri yatağın önüne bırakarak geri geri çekildi.

Teyze günde en az iki kez geliyordu. Tavuk suyuna çorbayı çoğu kez o getiriyordu. Bir iki Fransızca sözcük de öğrenmişti, ama daha tümce kuramıyordu.

Acıyormuş gibi bir tavır takındığı zaman gerçekten acıyor muydu Edmée'ye? Bir şeyler mi kuruyordu yoksa? Edmée onun fersiz bakışlarından korkuyor, kadın da Edmée'yle göz göze gelmekten çekiniyor, bakışlarını kaçırıyordu.

Teyze sabolarını merdiven başında bırakır, evin içinde sessiz sedasız dolaşırdı. Bir gün Edmée, pencereden bakarken kapının açıldığını duyunca, kendini yatağına soluk soluğa dar atmıştı. Farkına varmış mıydı teyze acaba? Farkına varmış olsa bile bir şey söylememişti. Tavuk suyunu soğutmak için kaşıkla karıştırmış, içerken Edmée'nin omuzlarını tutmuştu.

Bir Mia hiç değişmemişti. Ama bu da can sıkıyordu. İçinde pudrası, dudak boyası, allığıyla, sonunda gelmişti çantası. İlk kez Edmée'nin odasında, aynanın karşısında sürüp sürüştürmüştü.

Gevezeliğine can dayanmıyordu. Durmadan gülüyordu. Nalbantın oğlu, kiliseden çıkarken eline bir mektup tutuşturmuştu da... Onunla evlenmek istiyormuş da... Öyle boyanıyordu ki, insandan başka her şeye benziyordu. Artık genç olduğu bile anlaşılmıyordu. Ama durmadan, durmadan konuşuyordu! Karton kutuyu karıştırmak için Edmée'den izin istiyor, kutunun içindeki ufak tefeği büyük bir heyecanla elden geçiriyor, Edmée'ye annesinden kalan ince dantel bir yakayı boynuna takıyordu.

— Louis dayı zayıf düştüğünü, sana bir hava değişimi gerektiğini söylüyordu.

Edmée, Mia'ya korkuyla bakıyor, bu sözün ne demeye geldiğini anlamaya çalışıyordu. Yoksa onu başlarından atmak mı istiyorlardı?...

Louis dayı da dört beş kez, onu görmeye geldi. Yatağın yanına oturarak sigarasını tüttürdü, yüzüne babaca baktı.

— Nasıl, daha iyice misin?

— Bilmiyorum.

— Nereden zorun olduğunu bana söylemeye çalış. Baban gibi bende de biraz doktorluk var. Bana öyle geliyor ki, kendini bırakıyorsun. Karşı koyman gerek biraz!

Louis dayı bunları ilk kez söylediği gün Edmée nedenini kendi de bilmeden ağlamaya başlamıştı. Adamcağızın canı sıkılmış, onu avutmaya çalışmış, ama becerememişti.

— Yapma canım!... Üzmek istemedim seni. Nasıl, Fred'le Jef sana iyi davranıyorlar mı?

— Evet.

— Öyleyse topla kendini.

Teyze ona bir şeyler çıtlatmış mıydı acaba? Louis dayı gözlerini Edmée'ye dikmiş, rahatsız edercesine bakıyordu.

— Kızkardeşim elinden geleni yapıyor. Kocasının ölmesi çok kötü oldu. Bir erkek lazım bu eve. Fred iyi çocuk filan ama...

Birdenbire ayağa kalkmıştı.

— Cesaret kızım, cesaret! Ne bileyim, zorlamalısın kendini!

Louis dayı gider gitmez Edmée yeniden soğukkanlılığı ele alıyor, gözlerini tavana dikerek iyileşmemeye karar veriyordu.

Onu görmeye en az Jef geliyordu. Odaya girer girmez ne yapacağını şaşırıyor, ilk fırsatta fırlayıp gidiyordu. Kimi zaman bir iş yapmış olmak için sobayı ağzına kadar dolduruyor, hızla karıştırıyor, kor haline gelmiş kömürler yukarıdan aşağı yağmur gibi dökülüyordu.

Günün birinde dizlerine koyması için, kokarca derilerinden yaptığı bir örtü getirdi Edmée'ye. Mia bunlardan kendisine bir kürkle bir manşon yapılacağını sandığı için örtüye içi giderek bakmıştı. Jef kızkardeşi oradayken getirmişti örtüyü. Zaten Edmée yalnızken hiç gelmiyordu.

— Kulübeye gidiyor musun hâlâ? diye sormuştu Edmée.

Mia vermişti sorunun yanıtını:

— Sabahtan akşama kadar kulübede. Ne işler beceriyor kimbilir?

Gözleri kavuran, göğsü baş döndürücü bir kokuyla dolduran çam odunu ateşiyle kulübe, yalnızca bu kulübe gözünde tütüyordu Edmée'nin.

Ama bunun da kolayını bulmuştu. Sobanın kıpkırmızı kesilinceye kadar yakılmasını istiyordu. Bir mırıltısı vardı sobanın da. Sıcak ona dalgalar halinde geliyordu. Hele alnını soğuk cama dayadığı zaman ateşin sırtını ısıtmasına bayılıyordu.

Dışarısı ilkbahara karşın hâlâ serindi. Soğuktu bütün renkler. Yalnızca ufuk biraz gerilemişti. Artık çok daha uzaklar görünüyordu, ama gümüş kanallarla kavak ağaçlarının eşit dikdörtgenlere böldüğü, birbirinin benzeri tarlalar, çayırlardı bunlar.

Hep oradaydı oğlancağız, orada, kanalın yanında. Altıyüz metre var yoktu aralarında. Günde beş altı sefer mavnalar geçiyordu yanından.

Edmée kimseye onun sözünü etmemişti. Fred'le Jef'e bile.

Herkesin ne düşündüğünü bilmiyordu, ama kulaklarından hiç gitmiyordu oğlanın sonunda ağlamaya dönen gülüşü. Bir ara korkusunu yenmiş:

— Neen!... Neen!... diye yinelemişti.

Edmée'nin ateşi düşmüştü artık. Eskisi gibi de heyecanlanamıyordu. Şimdi tersine dönmüştü işler. Belki de Mia'nın dediği gibi, bir kesiklik gelmişti üstüne.

Bile bile yemek yemiyordu. Tavuk suyuyla bisküviden başka bir şey sokmuyordu ağzına. Ayağa kalkınca dermansız düştüğünü anlıyor, hoşlanıyordu bundan. İyi olmak, herkesle birlikte mutfak masasının başına geçmek istemiyordu.

Bu dört duvarın arasında kendi kendisiyle dolu, özel bir köşesi vardı; ona geniş bir manzara dilimi sunan bu pencere vardı. Aşağıda evin yaşayışını dakikası dakikasına duyuyordu. Bütün gürültüleri, başkalarının duymadığı gürültüleri bile işitiyordu. Anlamını biliyordu bu gürültülerin: Jef her zamankinden bir saat önce kalksa, demek çarşambaydı günlerden, ekmek yapacaktı Jef. Fred'in fırçalarını, şişelerini tıkırdatması, Hasselt'e ya da Brüksel'e gitmesi demekti. Teyze oğlu ona oralardan bir şeyler getiriyordu hep, ya şeker, ya bir hediye. Bir seferinde bağa çerçeveli yuvarlak bir ayna getirmişti. Edmée aynayı yastığının altında saklıyordu.

Doktor bu işten bir şey anlamıyordu. Bir karar verebilmek için röntgen çektirmekten söz ediyor, ama Edmée istemiyordu. Her gelişinde:

— Bir saatçik bile olsa aşağıya inmek için zorlayın kendinizi, deyip duruyordu.

Edmée ne aşağı inmek, ne de kendini zorlamak istiyordu.

Köşesinde hasta yatmaktı onun istediği.

Bu pencere, bu manzara, öteberiyle dolu karton kutu, duvarlar, eşyalar, üstüne kokusunun sindiği ufak tefek nesneler ona yetiyordu.

Daha da zayıflamıştı. Kalçaları iyice erimişti. Ama göğsünün her gün biraz daha dolgunlaştığını, büsbütün canlandığını duyar gibi oluyordu. O zaman şehvetle kendi içine kapanıyor, düşünüyor, gözünün önüne gizli görüntüler getiriyordu. Tam bu sırada, gürültücü ve ağır Mia giriyor içeri, yeni şapkasının yakışıp yakışmadığını ya da yüzündeki pudranın fazla olup olmadığını soruyordu.

Derken, buruk manzaranın, kanallardaki su şırıltısının, kavaklardaki ürpertinin, havadaki bir tür ıslaklığın akla getirdiği büyülü bir sözcük, ağızdan ağıza dolaşmaya başladı: Paskalya!

Edmée öğle üstü pencereyi açıyor, bu ıslak havayı ciğerlerine çekiyor, geceliğinin altında çıplak bedeni ürperiyordu.

Artık okula gitmeyen küçükler yirmi santimetrelik bir fırının yanında otların içine çömelmiş, bir oyuncak bebeği sallıyorlardı, inekler geceleri ahıra girmiyor, güneş doğar doğmaz böğürmeye başlıyorlardı. Çayırda küçük beyaz noktalar, sarı lekecikler belirmişti: Papatyalarla nergisler.

Yazlık giysiler dikiliyordu. Küçükler artık düz siyah yerine siyahlı beyazlı giysiler giyecekler, yastan yarı yarıya çıkacaklardı. Mia açık gümüş rengi bir manto istiyordu.

Doktor yalnız cumartesileri geliyor, daha çok aşağıda kalıyor, bir iki kadeh içiyordu.

— Bana öyle geliyor ki artık çıkabilir, diyordu. Bu hava

iyi gelir ona.

Edmée sızlanıyor, kış odalarının sıcaklığını sırtında duymak, alnını cama dayayıp ilkbaharın taze otlar, yeni süren yapraklar, gümüş gibi derelerle ışıklı manzarasını seyredebilmek için sobasının yakılmasını istiyordu. İstiyordu, ama bu dereler hep oradan...

Kanalın suyu boşaladursun, gecenin içinde taş kesilmiş, ayakları çamura gömülü teyze oğulları gözünün önüne geliyordu. Kanaldan kanala geçerek, dallanıp budaklanarak, parlak bir ağ gibi çayırlara yayılan bu su, zehirliymiş gibi geliyordu ona o zaman. Çünkü bu şırıltılı duru su, korktuğu için o kadar gülen kırmızı şapkalı oğlan çocuğunun üstünden geçiyordu.

IX

Yazla birlikte dışarının yaşamı evin bütün deliklerinden içeri sızmaya başladı. Açık pencerelerden ova havası giriyor, evin kokusuna bürünecek zamanı bulamadan kapılardan çıkıyordu. Kara buğdayla domuz yağının ağır kokusu bile sabahları çökmüyordu artık evin içine.

Çayırların görünüşü de değişmişti. Birkaç hafta önce ufukta küçük bir leke belirince, bunun postacının bisikleti ya da bir bekçi olabileceği akla geliyordu. Oysa şimdi her yer insanlarla, uzak köylerden ot biçmek için gelen yabancılarla doluydu.

Kahvenin kapısını geceleri şöyle bir ara kapayabiliyorlardı ancak. Sabahın saat dördü oldu mu, uyku sersemi insanlar, nalçalarını döşeme taşlarına vura vura dolaşarak içki istemeye başlıyorlardı.

Kafa dinleyecek yer kalmamıştı. Her önüne gelen mutfağa dalıyor, bulaşık yıkayan teyzeyle çene çalıyordu. Mia kahvede müşterilere hizmet ediyor, artık her gün allık, pudra sürünüyordu.

Edmée sıcağa bakmadan, şalına sarılarak ortalıkta dolaşıyordu. Artık odasına kapanacak kadar hasta değildi.

Ama yine de öksürebiliyor, insanlara, eşyalara acıklı bir edayla bakıyordu. Sararıp solduğunu, gözlerinin altında derinlemesine iki mor çizgi belirdiğini herkes görüyordu.

Nereye gideceğini bilemiyordu. Kulübe doluydu. Ot yüklemekten başka işi olmayan dört gündelikçi, burada öğle üstü yemek pişiriyorlardı. Güneş uzakları yakın etmişti. Neroeteren'e giderken artık arabayı koşmak kimsenin aklına gelmiyordu. Ya bisiklete biniyorlar ya da yaya gidiyorlardı. Büyük çam ormanını geçince hemen oracıkta değil miydi köy?

Kimi zaman ağır ağır, hastalıktan yeni kalkmış bir insanın yürüyüşüyle Edmée de gidiyordu köye. Maeseyck yolunda, sağdan birinci ev oğlancağızın eviydi. Alçak, tek katlı, çarpık çurpuk duvarlı, iki pencereli bir evdi bu.

Kışın kapı kapanınca zindan gibi karanlık olurdu herhalde. Önünden geçerken karaltılar içinde bir kaynaşma duyuluyor, ocağın üstüne asılmış bir bakır lengerin pırıltısı göze çarpıyor, yerde donsuz bir çocuğun emeklediği görülüyordu.

Daha dokuz on çocuk vardı, ama sokaklardaydı onlar, terzi olan bir kız hariç.

Aralarından eksileni çoktan unutmuşlardı besbelli. Oynarken ana kanala düştüğünü sanmışlardı. Aramışlardı kanalı. Sonra cesedin bir mavnaya takılarak uzaklara gittiğini düşünmüşlerdi. Ama artık otların ambarlara çekildiği şu yaz günlerinde çocuğu unutup gitmişlerdi.

Edmée iki yanında Flaman evleri bulunan güzel bir yoldan kiliseye kadar yürüyordu. Önce sıcak kokular saçan fırının önünden geçiyor, derken nalbantın çekiç seslerini duyuyordu. Eve döner dönmez, Mia:

— Nasıl, gördün mü onu? diye soruyordu.

Mia sevdalanmıştı. Pazarları iple çekiyordu. Stevelynck'lerin oğlunun eline her pazar bir mektup tutuşturuyor, oğlanın yazdığı mektubu alıyor, kilisede ayin boyunca heyecandan bitiyordu.

Stevelynck'lerin oğlu öğretmendi. Anvers'e tayin edilmişti, ama okullar tatildi. Utangaç, kaba saba bir çocuktu. Zaman zaman pantolon paçalarını mandallayarak, bisikletle eve kadar geliyor, her seferinde bir çocuk gibi ezilip büzülerek sıcaktan bittiğini, susadığını söylüyordu.

Onu uzaktan görür görmez Mia elinde ne varsa bırakıyor, odasına koşuyor, kulaklarında sabun köpükleri, yüzünde kat kat pudrayla dönüyordu.

— Giyinmesini bilmiyor, diyordu Edmée, köylü olduğu belli.

O zaman kavga ediyorlar, birkaç saat konuşmuyorlardı.

Fred'le Jef hep dışarıdaydılar. Neroeteren garındaki yüklemelerden başka her yanda denetlenecek işçiler vardı. Biraz şaşkına dönmüşlerdi. İşlerin pek yolunda gitmediği belliydi.

İki sefer örneğin, mal yanlış yere gönderilmişti. Bir seferinde gündelikçilerden biri arabadan düşüp bacağını kırınca sigortalı olmadığı meydana çıkmıştı.

Böyle zamanlarda Louis dayı çıkageliyor, Fred'le birlikte yazıhaneye kapanıyordu. Yazıhanenin içinde dumandan göz gözü görmüyor, kapı açılınca insan boğulacak gibi oluyordu. Fred süt dökmüş kediye benziyordu. Louis dayı odayı arşınlıyor, gitgide evin asıl sahibi oymuş gibi tavırlar takmıyordu. Edmée'nin önünden geçerken duruyor, eliyle kızın çenesini kaldırıyor, yüzünü inceliyordu.

— Daha iyisin ya!

— Öksürüyorum hep.

Homurdanıyordu. Yolculuktan dönmüş bir ev sahibi gibi mutfağı karıştırıyor, teyzenin korkudan ödü patlıyordu.

Günün birinde Louis dayı Mia'nın pudralı yüzüne parmağını sürerek Flamanca bir şeyler söyleyince kızcağız kıpkırmızı kesildi.

Hoşnut değildi. İşçiyle dolu çayırlara bakarken bile kaşlarını çatıyor, kırçıl bıyıklarını çekiştiriyordu.

— Bu da ne oluyor?

Uzakta, iki adamın yüklediği bir kamyonu gösteriyordu.

— Atlarımdan biri hasta, diyordu Fred. Pason'un siparişi için Neroeteren'den bir kamyon kiraladım.

— Günde altmış frank ha?

— Yüz!...

Louis dayı göğüs geçiriyor, yeni yeni buyruklar vermek için yazıhaneye giriyordu. Aksaklık nerede miydi? Belki ortada elle tutulur bir şey yoktu, ama her iş bozuktu. Edmée Fred'in elinden geleni yaptığını görüyordu. Jef'e gelince, iki adam gibi çalışıyor, gün doğmadan kalkıyor, yanına kumanyasını aldığı için öğleleri bile gözükmüyordu.

Ürün kötüydü. Çok yağmur yağmış, otların bir bölümü çürümüştü.

Eskiden de olurdu böyle şeyler. Ama üstü ste gelen o can sıkıcı aksilikler, sigortalı olmayan adamın bacağının kırılması, tam otların çekileceği sırada atın hastalanması gibi şeyler, Grand'a gönderilecek vagonun Mons'a gönderilmesi gibi anlaşılmaz yanlışlıklar olmazdı hiç. Daha da bir sürü ıvır zıvır ki, Mia'dan başka herkesin gözünü yıldırıyordu.

Tadı tuzu kalmamıştı evin. Oyun oynarken ayak altında dolaştıkları için Fred küçükleri tokatlıyor, teyze susuyor, uğursuzluğu büsbütün üstüne çekmemek ister gibi siniyor, siliniyordu.

Bir ağustos günü Fred'le Louis dayı arasında büyük bir çekişme oldu. İkisi de yazıhanedeydiler. Mutfaktan önce bir mırıltı halinde sesleri duyuluyordu, derken bir iskemle gıcırdamaya, sesler yükselmeye başladı.

Teyze işine devam ediyordu, ama Edmée onun kulak kabarttığını görüyordu. Kimi Flamanca sözcükler işitiliyordu. Fred'di üst perdeden konuşan. Birdenbire kapı açıldı, ama mutfağa gelen olmadı. Yalnız Louis dayının otomobilinin hareket ettiği duyuldu.

Saatlerce bu tartışmanın sözü edildi. Fred tarladan kardeşini de çağırtmıştı. Öfke içindeydi. Çekip gitme tehdidini savuruyor, nasıl olsa para kazanabileceğini, çocuk olmadığını, bir okul öğrencisi gibi, bir akrabanın azarlarına katlanamayacağını söylüyordu.

Teyze gözlerini kırparak dinliyordu. Edmée de dinliyordu. Fred sırf onun için tümcelerinin çoğunu Fransızcaya çeviriyor ya da Flamancasına Fransızca katıyordu. Jef bir tabureye tünemiş, koca kafasını sallayarak yere bakıyor, elindeki odun parçasıyla oynuyordu.

— Dedim ki ona, bazı sıkıntılar varsa, bunlar yeni şeyler değil. Yalnızca babam bizden saklamış. Haberimiz olmadan çiftliği ipotek eden, seksen bin liralık bono veren de o. Sağ olsaydı da çıksaydı bu işin içinden, görürdüm onu. Bir dostu varmış, kabahat benim mi?

Fred yatışmak bilmiyordu. Bütün sinirleri gerilmişti. Sözcükler boğazında düğümleniyor, zaman zaman kekeliyordu.

Babaları hakkında ilk kez böyle sözler söyleniyordu. Kahvede Mia müşterilere içki veriyor, bardakların şıkırtısı duyuluyordu. Teyze hiç sesini çıkarmadan, içinde ateş yanmayan ocağın yanına gelip oturdu, başını önlüğüne gömdü, zaman zaman omuzlarını oynatarak sessizce ağladı.

Birdenbire Jef ayağa kalktı, bağırarak bir şeyler söyledi, derken Fred de yerinden fırladı, kardeşine dik dik baktı. Neredeyse dövüşeceklerdi. Jef korumak ister gibi anasının yanında duruyordu. Fred kendine bir yardımcı, bir destek arıyor, arada bir bakışlarını kaçıran Edmée'nin gözleriyle karşılaşıyordu.

Yumrukları sıkılı iki delikanlının kavgaya tutuşacakları sırada, o ilk sessizlik anında, başı önlüğünün içinde ağlayan teyzenin iniltileri duyuldu. O anda Jef'in biçimsiz kaba suratı birdenbire değişti, karıştı, çocukça bir merhamete büründü. İri elini anasının zayıf omuzuna dayadı. Onu avutmak istiyordu sanki.

— Yapma!... Yapma!... Yapma anacığım! sözcükleri, kendi de farkında olmadan ağzından döküldü.

Pencere açıktı. Hava biçilmiş ot kokuyordu. Dışarıda horozlar, kuşlar ötüyor, bir at kişniyor, taşlık yolda ilerleyen bir arabanın gürültüsü duyuluyordu.

Şimdi Fred de biraz yatışmıştı, dalgın, yere bakıyordu.

Bir Edmée'nin kılı kıpırdamamıştı. Teker teker hepsini gözden geçiriyordu. Varlığını duyurmak, dünyada bu ufak tefek işlerden başka şeyler de olduğunu anımsatmak için soluğu kesilinceye kadar öksürdü, mendilinde kan lekeleri arıyormuş gibi yaptı.

Bir saat sonra teyze, gözleri kan çanağına dönmüş, Fred'in en yeni ceketini fırçalıyordu. Fred giyiniyor, omuzları düşük, küskün küskün bakınıyordu.

Ertesi gün işçilerin parasını vermek için kesinlikle Louis dayıya gereksinimleri vardı. Fred gidip özür dileyecekti dayısından.

Saçları taralı, sırtında kolalı gömleği aşağıya indiği zaman, annesi ceketini giymesine yardım etti ve gülümsedi. Hem ona acıyan, hem de yüreklendiren bir gülümsemeydi bu. Jef avluda bir el arabasını onarıyordu.

෴   ෴

Yabankazları her yıldan bir ay daha erken geçti. Toussaint yortusunda, kapısı bacası kapanan evde herkes ateş başında birbirine sokulmuştu.

Kızlara, bu arada Edmée'ye, yeni birer manto dikilmişti. Ama Edmée, Neroeteren'deki yaşlı terzi omuzlarını çok geniş tutup ceplerini çok aşağıdan açtığı için mantosunu giymiyordu.

Mezarlıkta, konuşmaları gereken kimselere rastladıkları için belki on kere durdular. Edmée'nin tanımadığı kardeş çocukları, enişteler, yengeler vardı aralarında. Hepsi de karalar giymişler, kasımpatlarının, yapışkan bir sarılıktaki çirkin çiçeklerin acı kokuları arasında dolaşıyorlardı.

Erkekler aşağı yukarı her zamanki gibi konuşuyorlardı. Ama kadınlar üzgün görünüyor, hele yaşlılar, uzaktan birbirlerini görünce yakınmaları ardı ardına tesbih gibi diziyorlardı.

O gün çok hafif giyindiği için Edmée'nin öksürüğü tuttu. Kendini zorlamasına gerek kalmadan bol bol öksürdü. Flamanca ondan söz ettiler. Yaşlı kadınlar başlarını sallıyor, sanki hemen ölecekmiş gibi, ona acıyarak bakıyorlardı. Uzak akrabalardan bir kadın çocukların eline birer şeker verirken, bu hasta kızcağıza duyduğu ilgiyi göstermek için Edmée'ye iki şeker verdi.

Kadınlar yoksulluk kokan bir evde toplanırken, Fred erkeklerle birlikte kahveye gitti. Edmée'nin elmacık kemikleri pembe pembe olmuştu. Birdenbire, belki de aynı hava estiği için, kasaba treniyle Neroeteren'e gelişini, eniştesinin ölümünü, cenaze törenini, kulübede geçirdiği ilk saatleri, sonra ilk sincabı hatırladı.

Daha çiftliğe ayak basar basmaz bir uğursuzluk kokusu almamış mıydı? Bugün de bir sıkıntı vardı içinde. Boşu boşuna arıyordu nedenini. Öğretmen Stevelynck iki gün izin almıştı. Mia onunla birlikte, taşları ağartan soğuk rüzgarda, sokakta, kimbilir neredeydi şimdi! Bu işi ciddi olarak ele almamışlardı ama, biliyorlardı ve göz yumuyorlardı.

Edmée kıskanmıyordu. Tersine! Gittikçe değişen teyze kızına merakla bakıyordu. Mia gülüp söylemeye başladı mı güzel bile oluyordu. Ama aptaldı bu kız! Erkekler üstüne, yaşam üstüne, kısacası her şey üstüne yanlış düşünceleri vardı. Sevgilisinden duyduğu için, bir aydan beri hep aynı şarkıyı söylüyor, Edmée evin her yanından gelen bu şarkıyı gülünç buluyordu. Gazetelerden öğrendiği adreslere kokular ısmarlamıştı. Yastan çıkar çıkmaz diktireceği giysileri şimdiden tasarlıyor, abone olduğu bayağı bir moda dergisinde modeller arıyordu.

Bacaklarından birinin iyileşmesi olanaksız bir egzamayla kaplı olduğunu öğretmen biliyor muydu acaba? Şimdi, yolun kenarında bir ağaca yaslanmışlar, gülüşerek konuşuyorlardı herhalde.

Edmée sevgili filan istemiyordu. Gülünçtü bütün sevgililer. Hele bir erkeğin günün birinde ona diş geçirmeye kalkmasını bir türlü kabul edemiyordu.

Gece olurken döndüler. Edmée'nin düşündüğü gibi Mia mutluluktan uçuyor, arabada, sanki öğretmenin elini sıkıyormuş gibi, durmadan Edmée'nin elini sıkıyordu.

Ana deponun ikiyüz metre açığından geçerlerken, Fred o yana bakmamak için kendini tuttu. Edmée de bakmak istemiyordu. Mezarlıktan geliyorlardı; insanlar bütün mezarların üstüne çiçekler koymuşlardı. Oysa o gün rüzgarla kırışan suyun kasvetli, kirli yeşile kaçan bir rengi vardı.

Bendin önüne gelince Edmée kendini tutamadı, kuru gözlerini o yana çevirdi. Fred'in durgun bakışları da ister istemez o yana döndü.

Sonra göz göze geldiler. Fred heyecanlıydı. Edmée, onun altüst olduğunu anlıyor, mezarını üçünden başka kimsenin bilmediği o oğlanın, hiç aklından çıkmadığını sezinliyordu.

Yemek pişirecek kadar zaman olmadığı için ekmekle domuz pastırması yediler. Ertesi gün yine tatildi. Louis dayı çıkageldi. Her zamankinden daha büyük bir dikkatle Edmée'ye gözlerini dikti.

— Yarın, dedi, seni almaya geleceğim. Erkenden hazır ol!

Edmée ertesi gün Louis dayının otomobilinde yalnız başına yola çıktı. Hasselt'e kadar hiç konuşmadılar. Louis dayının tanıdığı bir doktora gittiler. Doktor Edmée'yi tatlılıkla muayene etti.

— Soyunun yavrum! dedi. Göğsünüzü açın. Edmée, Louis dayının yüzüne bakıyordu. Adam işi anladı, ama aldırmadı:

— Hadi canım! dedi. Hiç çıplak kız çocuğu görmedik mi?

Aralarında Flamanca konuşuyorlar, Edmée bir türlü soyunamıyordu. Hiç böyle bir şey başına gelmemişti. Bir yıl önce olsaydı bu kadar sıkılmazdı, ama artık memeleri çıkmıştı. İnsan her yerini gösterir, ama memesini gösteremez diye düşünüyordu.

İç gömleğini çıkarmadı. Geniş dantelli gömlek muayene odasında bembeyaz görünüyordu. Saçları kırmızıya çalan doktor Edmée'nin yüzüne bakmadan sokuldu. İlgisiz bir edayla gömleğin askılarını indirdi.

— Nefes alın!... Öksürün!... Nefes alın!...

Memelerini açıkta hissetmek Edmée'nin canını sıkıyor, hele doktorun bedenini tutarken farkına varmadan göğsüne dokunması fenasına gidiyordu. Louis dayı kızı sıkmamak için duvardaki bir sürek avı resmine bakar gibi yapıyordu.

— Nefes alın... Daha yavaş!...

Edmée boğulacak gibiydi. Giysisinin daracık kalçalarından kaydığını duyuyordu. Neredeyse karnını, göbeğini göreceklerdi.

— Gelin şöyle!.. Sizi radyografiden geçireyim, en iyisi.

Louis dayı muayene odasında kaldı. Doktor gözlüklü, genç bir adamın yardımıyla, insanı ürküten bir makineyi harekete geçirdi. Edmée o gözlüklü delikanlıdan hiç sıkılmıyordu.

— Teşekkür ederim.

Artık biliyordu! Artık doktorun yanıtını beklemesine gerek yoktu. Doktor durumu üç gün sonra bildireceğini söylüyordu. Ciğerdeki bazı sulu noktalardan sözettiklerini duymuştu. Annesinin veremden öldüğünü de biliyordu.

Üstelik Louis dayının da tavrı değişmişti. Lokantada yemek yerlerken Edmée'ye öyle iyi davrandı ki, ayrılırken doktorun ona söylediklerini kestirmek güç değildi.

Louis dayı gözünü Edmée'den ayırmıyordu. Bir bakışta insanın içini okuyan bir adam sayılmazdı, tersine, kalıbı kıyafeti gibi ağırdı bakışları, ama Edmée onun birçok şeyler sezdiğini anlıyordu.

— Bana öyle geliyor ki, sana doğru dürüst bakmak gerekecek. Neroeteren'in havası iyidir. Nasıl, Fred'lerde sıkılıyor musun?

— Hayır.

— Fred zirzopun biridir. Jef kabadır filan ama, tanıdığım insanların en iyisidir.

Onunla büyük bir insanla konuşur gibi konuşuyor, içini döküyor, önce Edmée'nin alması için yemek tabaklarını uzatıyordu.

— Kızkardeşime gelince (teyzen demiyordu), evliya gibi kadındır. Başına çok işler geldi, anlatamam sana.

— Biliyorum, bir sevgilisi varmış eniştemin.

Artık her şeyi bilecek yaşta değil miydi?

— Yalnız o olsa iyi. Ona iyi davran. İşler göründüğü gibi yolunda gitmiyor. Yenilmesi gereken birtakım zorluklar var. Bilmiyorum teyze oğulların...

Sustu. Yoksa neden bu kadar açıldığını o da bilmiyor muydu? Düşünceliydi. Lokantada herkes onu tanıyordu. Lokantanın patronu geldi, elini sıktı. Garsonlar onunla çok saygılı konuşuyorlardı.

Mia uzun zaman âşık olmamış mıydı ona? Edmée bu güvenilir, emir vermesini bilen, önünde herkesin eğildiği adamla keşke hep böyle gezip dolaşsaydı.

— Bir tatlı yersin herhalde?

— Ya siz?

— Ben ağzıma sürmem. Benim tatlım sigara.

— Ben de istemem öyleyse.

Çocuk muydu tatlı yiyecek! Artık büyük bir insan olduğunu göstermek istiyordu.

— Meyve?

— Teşekkür ederim.

Yarı karanlıktaki aynada kendini olgun bir kadına benzetiyordu. Neroeteren'de dikilen mantosunu giymemişti. Kendi mantosu, Brüksel'deki mantosu vardı sırtında. Louis dayı bu mantoyu giymekle iyi ettiğini söylemişti. Demek aradaki farkı anlıyordu.

— Memnun musun hayatından?

— Herkes iyi davranıyor bana.

Louis dayı biraz heyecanlıydı. Göğsünü çıplak gördüğünden beri belki heyecanı biraz da artmıştı. Başını sık sık başka yana çeviriyordu.

— Büyük bir şehirdeki gibi olmaz, ama alışılır. Limbourg'un en güzel çiftliğiydi eskiden. İnsan şimdi kalkındırmak istese...

Louis dayı evliydi. Karısı çoktan yaşlanmış, şişmanlamış, saçları bembeyaz olmuştu. Onu da Hasselt'e götürüyor muydu acaba? Edmée'nin kıskançlık damarı kabarıyordu.

— Kötü durumdalar. Hemencecik gözü yılan Fred, işleri yüzüstü bırakmaktan, çiftliği satmaktan dem vuruyor.

Edmée, Louis dayının otomobilinde Neroeteren'e dönünce yolculuğunu kimseye anlatmadı. Onunla ilgili bir şeydi bu yolculuk. Bir sırrı gibiydi onun. Yalnızca bir adam göğsünü görmüştü. Aynanın önüne geçti, memelerine baktı. Memelerim küçük mü acaba? diye düşündü.

Bedeni bembeyazdı. Kaburgaları sayılıyordu. Karnı dar ve toparlacıktı.

"Ne var ki, veremim ben!"

Verem olmak koltuklarını kabartıyordu. Üzgün değildi. Mia örneğin, taş çatlasa verem olamazdı. Oysa küçücük bir yaradan ölen babası gibi, onun da sağlam izlenimini veren cildinde bir bozukluk vardı.

Louis dayı iki gün sonra geldi. Edmée odaya girdiği zaman, üstünde karalı beyazlı bulanık biçimler, kaburgalar seçilen tuhaf bir fotoğrafı Fred'e gösteriyordu. Bu Edmée'nin radyografisiydi.

Kırmızı oklarla gösterilen iki iltihap noktası vardı ciğerlerinde. Louis dayı omuzuna vurarak:

— Aldırma! dedi. Altı aylık bakımdan sonra bir şeyciğin kalmaz. İnsan genç oldu mu!...

Fred heyecanla karışık bir hayranlıkla bakıyordu Edmée'ye.

X

Edmée, dördüncü seferdir Louis dayıyla Hasselt'teki doktora gidiyor, daha çok din adamlarının gelip gittiği *Wouters Oteli*'nin cilası dökülmüş, cam tavanlı lokantasında yemek yiyordu.

Louis dayıyı herkes tanıyordu. Patronu onu karşılıyor, patronun karısı her seferinde Edmée'nin yanağını sevgiyle okşayarak, koyu bir Flaman ağzıyla:

— Ya bu kızcağız daha iyi olmadı mı? diye soruyordu.

Herkes biliyordu hasta olduğunu. Radyografi elden ele dolaşmıştı. Yaşlı bir papaz, Edmée'nin Loudres'a götürülmesi için ısrar ediyordu.

O gün Louis dayı, kentte görülecek işleri olduğu için, yemek biter bitmez Edmée'yi otelin salonuna oturtmuş, iki saat sonra döneceğini söylemişti. Dışarısı çok soğuktu. Aralık ayının başından beri don vardı. Neroeteren'de bir gün önce kanalların üstünde paten kaymaya başlamışlardı.

Salon çini sobayla ısıtılıyordu. Masanın üstünde din dergilerinden başka okunacak bir şey yoktu. Edmée sıcaktan bunaldı, sokağa çıkarak kaldırım boyunca yürümeye başladı. Kentte bir değişiklik olduğunu daha sabahtan fark etmişti. Soğuğa karşın daha çok insan, daha çok araba vardı sokaklarda. Vitrinler süslenmişti. Noel hazırlığı yapılıyordu.

Vitrinlerin önünde özellikle annelerle çocuklar duruyordu. Edmée de durdu. Uzun zamandan beri ilk kez böyle gerçek bir kentte yalnız başına dolaşıyor, her şey onu ilgilendiriyordu. Birine bakmak için geri dönüyor, kitapçı dükkanlarının önünde kitapların adlarını okuyor, bir evin pencerelerine bakarak, bu pencerelerin arkasında kimbilir kimler yaşıyor diye düşünüyordu.

İyi giyinen insanların, küçücük kürk mantolu, deri eldivenli çocukların bolluğu onu şaşırtıyordu. Arkasında tramvayın sinir bozucu kampanasını duymak, sonra tramvayın kaldırım hizasından, bir fener gibi pırıl pırıl geçtiğini görmek hoşuna gidiyordu.

Üşütücü bir beyazlığı vardı kaskatı kaldırımın. Satıcılar yalancı kar taneleri serpiştirdikleri vitrinlerdeki Noel ağaçlarından bakır ve menekşe rengi toplar sarkıyordu.

Edmée kendini garın gazete satılan kulübesi önünde buldu. Neroeteren'e gitmek için ilk kez buradan trene binmişti. Sağa bir sokağa saptı. Bu sokakta dükkan yoktu, sadece ışıksız evler vardı.

Fred bir günden beri Hasselt'teydi. Edmée onun nerede bulunabileceğini Mia'dan öğrenmişti. Üstünde *Chez Julie* yazan küçük bir kahvede saatlerce oturduğunu, kahvenin de garın arkasına düştüğünü biliyordu.

Edmée kendi de farkında olmadan kahveyi arıyor, evlere bakıyor, tabelaları okuyordu. Böylece bir sürü evin önünden geçti, ıssız sokaklarda dolaştı, sonunda, camından örme perdeler sarkan, sarı, tahta taklidi boyalı bir dükkanın önüne geldi.

Burasıydı! Kahvenin adı cama beyaz harflerle yazılmış, bir imza gibi altına bir de kuyruk çekilmişti: *Chez Julie*. Edmée düşünmeden, tokmağı çevirerek kapıyı itti. Kapı arkasından rüzgarla kendi kendine kapandı.

Boş ve uzun salonda, çam tahtasından yapılmış, cilalı iki sıra masadan başka bir şey göze çarpmıyordu. Dipte tezgahın yanında, arkası dönük bir adam oturuyordu. Yanında bir kadın vardı, ama kadın iyice görünmüyordu.

Fred'di bu. Edmée onu siyah ince şayak ceketinden, kalın boynundan tanımıştı. Kolunu kadının omuzuna atmış, gevrek bir sesle Flamanca konuşuyordu.

Kadın içeri kimin girdiğini görmek için eğildi. Sarı saçları kızıla kaçan, pembe beyaz bir kadındı. Edmée'ye şaşkın şaşkın baktı, Flamanca bir şeyler söyledi. Fred'in geriye dönmesiyle yerinden fırlaması bir oldu. Telaşla bir bardak devirmişti. Teyze kızına yolu kapamak ister gibi bir iki adım ilerledi.

Edmée sakindi. Fred'i hiç bu halde görmemişti. Kızarmıştı. Gözleri pırıl pırıl parlıyordu. Hatta doğru dürüst yürüyemiyor gibi geldi Edmée'ye.

— Günaydın Fred! Rahatsız ediyor muyum seni?

— Ne işin var burada? Kimden duydun?

Dükkanın gerisinden, yaşlı, şişman bir kadın, kahvenin sessizliğini bozan kimseyi görmek için başını uzatmış bakıyordu.

— Biraz ısınayım.

Gerçekten de buz kesilmişti. Ama ısınmaktan çok bakmak, görmek istiyordu. Şaşkınlığını bir türlü yenemeyen Fred karşı gelemedi. Edmée bardak kırıklarını topladıktan sonra yerine geçen kadının yanına oturdu.

Tuhaf bir kahveydi burası, tuhaf bir kadındı bu! Edmée her şeyi tuhaf buluyor, birçok kitap okuduğu halde yine de anlayamıyordu. Sarışın kadın:

— Bir şey içer misin küçük hanım? diye sordu. Edmée küçük kadehleri gösterdi:

— Nedir bunlar Fred?

— Cherry.

— Ben de bundan isterim.

Tezgâha doğru giden kadına baktı. İri kıyım ve şişmandı. Ona bakmak insanın hoşuna gidiyordu. Yenecek bir şey gibi iştah açıcıydı. Toz pembe, güzel kokan, pürüzsüz, lekesiz teni en etli yerlerinde beyaza dönüyordu. Kara çorapları gibi giysisi de ipektendi. Her adımda gıcırdayan, yepyeni pabuçları pırıl pırıldı.

Kadehini doldurmak için eğilince Edmée, giysisinin üstünden, onun iri ve dolgun memelerini olduğu gibi gördü. Küçücük başları vardı memelerinin.

— Louis dayı nerede?

— İşi varmış. Giderken beni otele bıraktı. Ama daha zamanım var.

Canının sıkıldığı sesinden belli oluyordu Fred'in. Biraz da dili dolaşıyordu. Kadehleri göstererek:

— Bana da, dedi.

Fransızcası Flamancaya çalan kadın:

— Bana da bir tane ikram eder misin? diye sordu. Ağırdı hava. Edmée kanepesinde kendini rahat ve iyi hissediyordu. Örme perdeler, açık renk çıralı çam masalar, pembe cam hamurundan avize, her şey, her şey çok zevksizdi. Her yer biçimsiz süslerle doluydu. *Wouters Oteli*'ndeki sobadan çok daha büyük, çok daha şatafatlı sobanın sıcaklığında, masalarla iskemlelerin asker gibi dizildiği, talaş dökülmüş, tek bir kibrit çöpü görülmeyen döşeme tahtalarında göz gezdirmek yine de hoştu doğrusu.

Kitaplardan bildiği kahvelerden hiçbirine benzemiyordu burası. Bir genelev de değildi. Ayıbı, gizlisi, saklısı yoktu. Hasselt'teki bütün orta halli insanlar mesela, şöyle bir avizeye imrenebilirlerdi.

Gaz lambalarının ortalığa acıklı bir ışık serptiği Neroeteren'den gelince Fred bir iç ferahlığıyla itiyor olmalıydı şu kapıyı. Onu tanıyorlardı. Louis dayıyı *Wouters Oteli*'nde nasıl güler yüzle, saygıyla karşılıyorlarsa, onu da burada öyle karşılıyorlardı.

Şu kadının yanında içkisini içer, şakalaşır, ufacık dişlerini göstererek gülerdi. Kızın kollarını okşar, dipteki kapıdan, o yaşlı hatun başını çıkarıp bakarken sevgilisine sokulurdu.

Yenilenin içilenin parasını da veriyordu doğal olarak. Cüzdanından nasıl paralar fışkırıyorsa, sesinden de bir yaşama sevinci taşıyordu.

— Artık ısındın, otele dön.

Edmée, Fred'in iyice ayılmadığını, ayık görünmek, tane tane konuşmak için kendini zorladığını hissediyordu.

— Daha zamanım var.

Cherry Edmée'nin göğsünü ısıtıyordu. Kadına döndü:

— Bir tane daha verin bundan!

Fred karşı gelmek istedi, ama sevgilisi:

— Kime zarar vermiş ki bu! diye bağırdı. Üç cherry daha, değil mi?

Hiç kızmazdı bu kadın herhalde, doğru dürüst hiç gülmeden, hep gülmeye hazır, durmadan bir şeyler ısmarlatmaya çalışırdı. Yüzüne yakından bakılınca ince ince çizgiler göze çarpıyor, sözle anlatılmayacak binbir şeyden köyde doğduğu, bacak kadar kızken, sırtında başlıklı yağmurluğu, ayağında saboları, okula gitmek için kilometrelerce yol yürüdüğü belli oluyordu.

— Fred, bir sigara ver bana.

Kadın kahveden ancak saat onbirde çıkabiliyordu. İşte yalnızca o zaman Fred onu, daracık bir sokakta, bir işçi evinin ikinci katındaki odasına götürüyordu.

Edmée doğrudan doğruya işin burasını düşünmüyor, ama ikisini de cinsellikle ilgili bir merakla süzüyordu. Saati unutuyor, biraz daha kalmak istiyordu. Kadının bacak bacak üstüne atarken, ipek çorabına, yumuşacık dizine, kalçalarına gözü takılınca, kendi zayıf, uzun, yünler içindeki bacaklarına, artık eskimeye başlayan bağcıklı ayakkabılarına baktı.

Beriki Fred'i Flamanca sorguya çekiyordu. Edmée'den biraz güvensizlik ve kıskançlıkla sözettiğini kestirmek zor değildi. Ama Edmée kıskanmıyordu onu. Tersine, bu kadında ve bu kahvenin havasında hoşlandığı bir şey vardı. Belki kadının da, kahvenin de rahatlığında gizli o sıcaklıktı Edmée'yi çeken. Durmadan bir saate, bir kapıya bakan Fred:

— Sen artık git! diye diretti. Hele Louis dayıya buraya geldiğini sakın söyleme!

Edmée alınmış gibi:

— O kadar aptal mıyım ben! diye yanıt verdi.

Başı dönüyordu. Kulübede uzun uzun ateşe baktığı zaman da böyle dönüyordu başı. Üstelik bu kadının cherry'nin ağır ve biraz acımtırak kokusuna karışan lavantası başlı başına bir hava yaratmaya yetiyordu.

— Birlikte gideriz.

— Olmaz! Büsbütün şaşırır dayım.

Fred utanmış gibi, yalvarır gibi bakıyordu ona. Korkuyordu! Edmée tadını çıkarıyordu bu korkunun. Fred'in kapıdan girdiği zamanki oturuşunu, tatlı tatlı konuşmasını düşünüyordu. Bu sefer de Fred:

— Bir cherry daha Rose! dedi.

Rose kadının adıydı. Kahvenin sahibi Julie'yse, mutfakta dolaştığını, kedileriyle konuştuğunu duydukları o şişman kadındı herhalde. Sokaktan insanlar geçiyor, kırk yılda bir bir otomobil sesi işitiliyordu.

— Doktora gittin mi? Ne dedi doktor?

— Bir şey demedi.

Edmée mutluydu. Nedenini kendi de bilmeden gözlerini Fred'den ayıramıyordu. Rose, Fred'in kadehini doldurduktan sonra onun kadehini de doldurdu. Edmée içkisini yavaş yavaş içiyor, yutmadan önce dilinin üstünde tutuyordu. Yakıyordu likör dilini.

Kapı işte tam bu sırada açıldı. İçeri Louis dayı girdi. Rüyadaymış gibi, yaklaştıkça büyüyordu. Edmée'nin kolunu yakaladı, çekti kaldırdı. Genç kız ayakta bulunca kendini sendeledi.

Biliyordu herhalde burada olduğunu, Edmée'nin kahveye

girdiğini gören birisi haber vermiş olmalıydı.

Louis dayı bir şey söylemedi, ama Edmée'yi kapıya doğru ittikten sonra, şaşkın şaşkın ayağa kalkan Fred'in yanına döndü, oğlanın suratına iki tokat attı.

Edmée bu iki tokadın böyle bütün kahveyi dolduracak kadar bir ses çıkarabileceğini rüyasında görse inanmazdı. Fiziksel bir darbe almış gibiydi. Fred'in bir eli sol yanağında, kıpırdamadan durduğunu görür gibi oldu.

İşte yeniden buz gibi sokaktaydı. Louis dayı itiyor, tutuyor, bir eliyle otomobilinin kapısını açarken, öteki eliyle arabanın içine sokuyordu.

Fred'den çok daha iri yarı, çok daha kuvvetliydi. Besbelliydi artık öyle olduğu. Otomobil şehirden çıkıp farların kurşuni aydınlığında hızla yol alırken Edmée köşesine büzülmüş, Rose'un şaşırışını, siyah ipek çoraplarını, parlak ayakkabılarını, cherry'nin tadını, sonra Louis dayının karşılarına çıkışını bütün ayrıntısıyla anımsamaya çalışıyordu. Birdenbire yüksek sesle:

— Onun suçu yok! dedi.

Louis dayı yanıt vermedi. Karşıya bakıyordu. Otomobili her zamankinden daha hızlı sürüyor, karanlıkta böyle yol alırken insan ondan daha çok korkuyordu.

Edmée ilgisini çekmek için öksürdü, ama adam aldırmadı. Yalnız ikinci öksürükte, kapalı mı diye eliyle camları yokladı.

∽ ∽

Edmée önde, Louis dayı arkada eve girdikleri zaman teyze tavuk yoluyor, Mia mutfak masasında erkek gömlekleri ütülüyordu. Teyze daha başını kaldırmadan bir kıyamet koptuğunu sezinlemişti. Gelişlerinden belliydi zaten.

Louis dayı ne paltosunu çıkardı, ne de şapkasını. Oturmadı da. Flamanca beş on tümce söyledi. Teyze ellerini tavuğun üstünde bağladı. Mia ütüsünü unuttu.

Hepsi bu kadar! Çıkıp gitti. Otomobil uzaklaşıyordu. Teyze aldığı haberin bitkinliği içinde kıpırdamadan duruyor, Mia teyze kızına merakla bakıyordu.

— Ya İsa! Ya Meryem!

Derken teyze iki göz iki çeşme boşandı. Yerde oturdukları için Edmée'nin gözünden kaçan küçükler de ağlayarak annelerinin dizlerine atıldılar. Mia ütüsünü ateşe koyarken:

— Artık bir daha gelmez eminim! diye içini çekti. Fred'i bilirim ben.

Daha soyunmamış olan Edmée onlara, hele hiç bu kadar yabancı hissetmediği teyzeye, soğuk soğuk baktı. Mutfakta oturup bu yakınmaları dinlemek istemiyordu.

— Nereye gidiyorsun?

— Odama.

— Daha soban yanmadı. Bekle biraz! Sen ne biliyorsun kuzum? Louis dayı oniki bin frank olduğunu söylüyor. Olur şey değil.

— Ne oniki bin frangı?

Mia anlatınca Edmée, Louis dayının kendisine neden öyle davrandığını daha iyi anladı. Bazı pürüzlü sorunları aydınlatmak için bankaya gitmiş, küçüklerin vasisi olarak, Fred'in hesaplarını gözden geçirmişti.

Gelgelelim rakamlarla oynanmıştı. Fred dörder bin franktan, kendi hesabına üç kez para çekmiş ve bu parayı borçlara yatıracağını bildirmişti.

Edmée, Fred'in haftada bir gün evden neden çıkıp gittiğini şimdi daha iyi anlıyordu. Julie'nin kahvesine rüzgar gibi dalışını, orada, köşesinde, Rose'la başbaşa içki içerek saatler geçirdiğini görür gibi oluyordu. Zengindi! Su gibi para harcıyordu! Başka müşteriler, belki başka kadınlar geliyor, o, Neroeteren'in zengin çiftlik ağası, hep o ödüyordu masrafları.

Yüksek sesle konuşuyordu. Dinliyorlardı onu! Hayran oluyorlardı ona. Belki daha da para sızdırmak için kâğıt oynuyorlardı. Başını önlüğüne gömme sırası şimdi Mia'ya gelmişti.

— Çok gururludur, artık bir daha eve dönmez! diye inledi.

Araba avluya girmiş, ama Jef'in koşumları çıkarması bol bol on dakika sürmüştü. Edmée mantosunu çıkarmış, odasına çekilmekle çekilmemek arasında bocalıyordu. Jef annesine, kızkardeşine, teyze kızın şaşkın şaşkın baktı. Onunla birlikte soğuk bir hava girmişti içeri. Dudakları gerilmişti.

Arada bir burnunu silmek için susarak, Mia Flamanca ona da anlattı olanları, Jef bozuntuya vermedi. Edmée'ye sesini çıkarmadan baktı.

Öykü bitince ütü bezini bir yana çekti, dolaptan bir kase çıkardı, çorba koydu, tek söz etmeden içti.

∽ ∽

Böylece üç gün geçti. Louis dayı sabahları ev giysileriyle geliyor, yazıhaneye kapanıyor, yalnız bir fincan kahve istemek için odadan çıkıyordu.

Arada bir Jef'i yanına çağırıyor, Jef biraz kaldıktan sonra ya ahıra gidiyordu, ya atölyeye.

Kanallar donmuş, bendin yanında bir mavna buzlara sıkışmıştı. Birkaç hafta kalacaktı orada.

Teyze artık ağlamıyor, ama günden güne yaşlanıyordu. Omuzları her gün biraz daha düşüyor, küçülüyordu sanki.

Mia da üzgündü, ama onun üzgünlüğü başka türlü belli ediyordu kendini. Örneğin Fred'in çekmecelerini karıştırıyor, yeni yeni şeyler buluyordu. Edmée'ye gösterdiği som altından çakmağı da gömleklerinin altında bulmuştu. Fred bu çakmağı hiç kimseye göstermemişti.

Louis dayı aileyle birlikte yemek yiyordu. Edmée'yle konuşmaktan çekiniyordu. Ama Edmée onun kendisine sevgiyle, giderek bu işin başlıca kurbanı oymuş gibi acıyarak baktığını hissediyordu.

Umuyorlar mıydı Fred'in döneceğini? Mia inanmıyordu geleceğine. Teyze sesini çıkarmıyor, Jef koca başını sallayarak oradan oraya dolaşıyordu.

İkinci gün Louis dayı ufak tefek, zayıf bir adam getirmişti yanında. Sigara fabrikasının muhasebecisiydi bu adam. Louis dayıya hesapları incelerken yardım etmişti.

Daha da bir heybet gelmişti Louis dayıya. Mutfağa girdiği zaman korkuyla susuyorlar, bakışından bir şeyler sezinlemeye çalışıyorlardı. Çünkü Louis dayı konuşmuyordu. Fosur fosur, üst üste sigara içiyordu. Ev baştan başa sigaralarının kokusuyla dolmuştu.

Hep sıcaktan bunalıyordu. Kimi zaman yemekte, Mia'ya

kapıyı açmasını söylüyor, ötekiler soğuktan donduklarını halde, üşüdüklerini belli edemiyorlardı.

Üçüncü gün bir otomobil gürültüsü işittikleri zaman, sofradaydılar. Bütün yüzlerde aynı merak belirdi. Yalnız Louis dayı istifini bozmadan bıyıklarını kaldırarak çorbasını içmeye devam etti.

Dış kapı açıldı. Teyze yerinden davranır gibi oldu, iskemlesinden doğruldu da, ama doğrulmak yasakmış gibi, hemen yerine yığılıverdi.

Fred girmişti içeri. Bir an eşikte duraladı. Yalnız Mia'yla Edmée onu karşıdan görebiliyordu. Ötekiler geriye dönmeye çekinmişti. Louis dayının bıyıkları titriyor, kaşığı durmadan işliyordu.

Fred öyle sandıkları gibi bitkin, perişan değildi.

Sakindi. Her zamankinden daha ağır bir hali vardı. Üstündeki pardösü tertemizdi. Yeni eldivenlerini ağır ağır çıkardı. Pardösüsünü bir iskemlenin üstüne bırakarak masayı dolandı, eve her gelişinde yaptığı gibi, anasını yanağından öpmek için eğildi. Teyzenin bütün kanı çekilmişti. İki gözü iki çeşme boşanmamak için alt dudağını kaldırıyordu.

Louis dayı başını kaldırdı, bir şeyler sormak istiyormuş gibi gözlerini Fred'e çevirdi, ama Fred oralı olmadı. Dolabı açtı, çatal kaşığını, tabağını aldı, her zamanki yerine, annesinin karşısına geçti, oturdu.

Edmée'yle gözgöze gelmekten çekiniyordu. Çene kemiklerini sıkıyordu. Tabağına çorbasını koyunca, yarı yarıya Jef'e dönerek Fransızca:

— Otomobilimi hangara çekersin, dedi.

Mia bir karış sıçradı yerinden. Demek otomobil almıştı Fred! Louis dayı iskemlesini iterek ayağa kalkarken peçetesini yere düşürdü. O geldikçe hem bir örtü örtüyorlardı masaya, hem de peçete koyuyorlardı.

Teyzenin yanına gitmek için masayı dolandı, kardeşini alnından öptükten sonra Flamanca bir şey söyledi. O da Fred gibi kendini tutmaya çalışıyordu. Ama artık öteki günlerdeki kadar heybetli değildi. Çıkarken kapının pervazına çarptı. Teyzeye:

— Yarın avukatımla birlikte gelirim, demişti.

Fred yüzü gözü gerilmiş, konuşmadan çorbasını içiyordu. Yorgundu. Yoksa bu üç gün doğru dürüst uyumamış mıydı?

Kulak kabarttılar. Louis dayının otomobili uzaklaşır uzaklaşmaz teyze ayağa kalktı, oğlana doğru koştu ağlayarak. Edmée'nin anlayamayacağı kelimeler söyleyerek Fred'in kollarına atıldı.

Edmée, Fred'in yalnız bir gözünü görebiliyordu. Edmée'ye doğru bakan bu gözde sanki bütün bu işleri onun için yapmış gibi, kibirle karışık bir kaygı vardı.

XI

Edmée güğümün zar gibi buzunu kırarak ıslattığı havluyu bir türlü yüzünden geçiremiyor, havlu etine değer değmez ürperiyordu. Çıplaktı, yalnız donu vardı ayağında. Saçları yüzüne gözüne dağılmıştı.

Günlerden pazardı. Birkaç gün sonra yeni yıla gireceklerdi. Bir mum aydınlatıyordu odasını. Buz tutmuş camlar süt beyazdı. Duvardan sesler geliyor, biri içeride, Edmée gibi, kiliseye gitmek için hazırlanıyordu. Ama Edmée öyle üşüyordu ve hava öyle soğuktu ki, elini bir türlü çabuk tutamıyordu.

Birdenbire kapı açıldı. Mia girdi içeri. Edmée onun ayak seslerini duymamıştı. Mia mantosunu giymiş, kürk yakasını aldırmıştı. Elleri kalın kürk mantosunun içindeydi.

— Yıkanıyor musun?

Mia yıkanmamış, yüzünü sadece pudralamış, boyanmış, herhalde o gece de çoraplarını çıkarmadan yatmıştı. Çoğu zaman çorapla yatıyordu. Edmée'nin mavi damarlı, çıplak kalçalarına baktı.

— Çabuk ol! Tüylerin diken diken olmuş.

Ama asıl söylemek istediği bu değildi. Başka bir şey söylemek için gelmişti buraya. Edmée yüzünü silmeyi bitirince, gözlerini kaldırmadan:

— Fred'le evlenmek istediğin doğru mu? diye sordu.

— Benim mi?

Edmée giyinmeyi filan bir yana bıraktı. Soğuk sudan yüzü gözü gerilmişti. Teyze kızına bakıyor, işin iç yüzünü anlamaya çalışıyordu. Mia:

— Olmayacak şey değil! diye sürdürdü. Fred'le evlenmek isteyen çok kimse var.

Ama Edmée teyze kızını kürkünden yakalamış, bağırıyordu:

— Kim söyledi? Kim anlattı bunu sana?

— Yavaş ol!

Bitişik odada biri dolaşıyordu.

— Dur anlatırım, acele etme, Jef söyledi. Ama dikkat et, sana söylediğimi duymasın.

Edmée sinirli sinirli kombinezonunu giydi, buz gibi parmaklarıyla etekliğini iliklemeye çalıştı.

— Dün yalnızdık. Neden böyle tuhaflaştığını sordum ona. Aşağı yukarı senin her hafta Hasselt'e gittiğinden beri...

Edmée ürperdi. Az daha kıpkırmızı kesilecekti.

Sahiden de Louis dayıyla doktora gitmeye başladığından beri değişen bir şey vardı. Ama kim farkına varabilirdi bunun? Artık eskisi gibi mutfaktan kulübeye gide gele, aynı havanın içinde bunalmıyordu. Oyalanacak yeni şeyler çıkmıştı. Ağaçların arasında yol alan otomobil, *Wouters Oteli*, doktorun muayene odası, ışıklı vitrinleriyle sokaklar, gürültülü tramvaylar vardı. Tek fark da buydu. Edmée sonunda mantosunu sırtına geçirirken, sert bir edayla:

— Jef ne yanıt verdi? diye sordu.

— Hiç yanıt vermedi. Uzun zaman sustu. Sonra bana,

Fred'le evlenirsen seni öldüreceğini söyledi. Çabuk ol! Annem aşağıya çoktan indi galiba. Sakın bir şey belli edeyim deme!

∽ ∽

Edmée arabada yalnız bu işi düşünüyordu. Arabayı süren Jef'in yanına oturmuştu. Oluklardaki sular donmuş, toprak bir maden gibi katılaşmıştı. Soğuktan konuşamıyordu. Herkes birbirine sokuluyor, gözler buzlu boşlukların üstünde dolaşıyordu.

Jef neden Mia'ya açılmıştı acaba? Değişen bir şey olduğunu, Edmée bile daha farkına varmazken, o nasıl anlamıştı? Jef karşıya bakıyor, dizginleri tek eliyle kullanıyordu. Yün eldiven elini büsbütün irileştirmişti.

Kışın bütün pazarlar böyle geçmez miydi sanki? Hayır! Ortada elle tutulacak bir şey yoktu, ama böyle geçmezdi. Eskiden de çok konuşmazlardı ama, örneğin ikinci çam ormanının yanından geçerken, Edmée, orada öldürdükleri en iri sincabı düşünürdü. Jef ağzını açmasada, Edmée onun da sincabı düşündüğünü bilirdi.

Buz alanında, yeşil kızağı anımsardı. İri memeli kızı davet eden Fred, Jef arabayı aldığı için bütün ailenin eve yayan dönüşü gelirdi aklına.

Edmée kulübeye artık daha seyrek, bir raslantı gibi, hep de Jef'in bulunmadığı zamanlar gidiyordu. İsteyerek yapmıyordu, ama bunun nasıl olduğunu kendi de kestiremiyordu. Son iki aydan beri Jef'in neler yaptığını da bilmiyordu. Hemen hemen hiç görmüyordu onu. Jef'in dışarıda, ya işçilerle, ya bekçilerle çalıştığını biliyordu, ama hepsi o kadar.

Acaba neden Fred'in sözünü etmişti?

Kilisede de, dönüşte de bunları düşündü. Ateşin üstünde ellerini ısıtırken, domuz yağlı kara buğday çöreklerini yerken bunlar aklından çıkmadı. Hem öfkeli, hem de alabildiğine heyecanlıydı. Derken Fred indi aşağıya. Yakalığını çıkarmıştı. Mia bir sır ortağı gibi göz kırpınca, Edmée gülünç buldu teyze kızını.

Fred o pazar kiliseye de, kahveye de gitmedi, doğru dürüst giyinmedi de. Akşamlara kadar terlikle dolaştı. Ocağın başında, Flamanca bir tartışmanın tekdüze mırıltısı, saatlerce bitmek tükenmek bilmedi.

Sanki orada fazlaymış gibi Jef, daha en başından çekip gitmişti. Yemeği hazırlayan Mia arada bir bir şey söylüyordu. Teyze, Fred'e bir yandan acıklı bir sesle yanıtlar verirken, bir yandan çocukları giydiriyordu. Louis dayıdan uzun bir mektup almıştı. Reşit olan Fred'den başka bütün çocukların vasisi olduğu için, Fred'in yerine kayyum atanmasını isteyeceğini kızkardeşine bildiriyordu. Fred:

— O ikinci derecede kalır, diyordu. Yasal vasi sensin.

Ama teyze bu işlerden bir şey anlamıyor, sulh yargıcının adı geçer geçmez ödü patlıyordu. Louis dayı bundan başka durumu bütün aileye bildirdiğini ve işi avukatına verdiğini yazıyordu.

Fred buğudan tıkırdayan tencerelere bakarak sigara içiyordu. Bacaklarını fırının açık kapağına dayamış, iskemlesinin arka ayakları üstünde sallanıyordu.

— Görürüz bakalım!

Edmée'ye aldırdığı yoktu. Yalnız arada bir Mia bir cümle-yi Fransızcaya çeviriyordu.

— Otomobil bana beş bin franga patladı. Bundan sonra Hasselt'e hem daha çabuk giderim, hem daha ucuza.

Teyze ona karşı gelmiyor, ağzını açıp bir şey söylemiyor-du. Ama masanın gözünden, Louis dayının yazdığı mektubu çıkarıyor, gözlüklerini takarak yeni bir tümce okuyor, yeni bir şikayet konusu ortaya atıyordu. İki kez oldu bu.

— Onun da otomobili yok mu sanki?

Camların buzları ağır ağır eriyordu. Edmée, Fred'e bakı-yor. Hasselt dönüşü yüzünde beliren o güçlü ifadeyi artık gö-remiyordu.

Bunda ateşin de payı vardı. Fred'in sıcaktan burnu kızar-mış, gözleri çekilmiş, parlıyordu. Artık yatışmış, o çalımı kal-mamıştı. Annesiyle, karı koca gibi, aralarında dertleşiyorlardı. Mia Fransızca:

— Çarşambaya ne yapıyoruz? diye sordu.

Çarşambaya yılbaşıydı. Ne zamandan beri her yılbaşı bü-tün aile Louis dayının evinde toplanıyordu. Hollanda'da, Ma-estricht dolaylarında bir köyde oturan bir kardeşleri bile geli-yordu. En büyükleriydi Louis dayı. Fred omuz silkti:

— Bu annemin bileceği şey.

Bir saat bu işi konuştular. Fred, Louis dayıya gitmeyi aklı-nın ucundan bile geçirmiyordu. Hem artık bundan böyle Lo-uis dayının yardımına güvenmemesi gerekiyordu. En iyisi za-man zaman ondan aldığı borçları hemen ödemekti. Ama para bulması gerekiyordu bunun için. Tencerelerden çıkan du-manları seyrederken Fred işte bunu düşünüyordu. Yeniden sobayı dolduran Mia:

— Sanırım gitmemiz lazım! diyerek içini çekti.

Teyze de böyle düşünüyordu. Fred'den başka herkesin gitmesi lazımdı. Louis dayı için değil, bir ilke sorunu olduğu için. Ne derdi sonra bütün aile, konu komşu! O zamana kadar ağzını açmayan Edmée:

— Ben de gitmeyeceğim, dedi.

Fred unutmuş gibiydi onu. Yüzüne merakla baktı:

— Neden?

— Hoşuma gitmiyor bu adam!

Elmacık kemikleri kızarmıştı. Biraz durdu, başka yana bakarak:

— Pisin biri! diye sürdürdü. Doktorda ben soyunurken, özellikle orada kalıyor, seyretmeye çalışıyor beni.

Şakakları zonkluyordu. Çok önemli bir şey açıkladığının farkındaydı. Fred, umduğunun tersine, başını çevirdi, eski halini aldı. Bir omuz silkmediği kalmıştı.

Ertesi gün Louis dayıdan yeni bir mektup aldılar. Teyzeyle çocukları çarşambaya yemeğe çağırıyor, ama Fred'i istemediğini açıkça belirtiyordu.

... *Tabii özür diler ve gelecekte dürüst hareket edeceğine ilişkin güvence verirse iş değişir...*

Teyze mektubu okuyunca ağladı. Fred mektubu ocağa attı. O gün bir uzak akrabaları geldi: Maeseyck'e yakın, küçük bir köyün papazıydı bu adam. Teyzeyle başbaşa kalmak, konuşmak için bekledi. Sonunda, tıpkı kilise meydanından duyulan bir vaaz gibi, mırıltı halinde, teyzeye uzun uzun bir şeyler anlattığı işitildi.

Edmée o ara Jef'i gözden geçiriyor, bu oğlana hiçbir zaman doğru dürüst bakmadığını anlıyordu. Jef, gerçekte yakınlarına gözüktüğünden çok daha olağanüstü bir varlıktı. Kafası o kadar büyüktü ki, şapkacıda başına uygun hazır kasket bulunmuyordu. Gözleri çıkık alnının altına gömülmüştü. Burnunun altında sanki bir çukur vardı.

Edmée'ye bakmıyor, baksa bile kızın onu göremeyeceği zaman bakıyordu. Louis dayı üstüne kulaktan kulağa anlatılan şeylere de aldırış etmiyordu.

Jef'le başbaşa kalmak, ne yapacağı kestirilemeyen, gözlerinden ne düşündüğü anlaşılmayan bir hayvanla başbaşa kalmak kadar korkunçtu.

Mia'ya neden açılmış, Fred'in neden sözünü etmişti acaba? Edmée'nin Fred'i istemediğini de biliyordu.

Yılbaşında Louis dayıya gitmeyen Edmée 1 Ocak günü saat sekizde aşağı inin'ce, dudaklarının ucuyla:

— Yeni yılınız kutlu olsun! diyerek herkesi öptü.

Bu yılbaşı da çörekler yapılmıştı. O sabah evin içi, çocukların kahvelerine batırdıkları bu şekerli çöreklerden kokuyordu.

— Yeni yılın kutlu olsun Jef!

Jef'i kulağına yakın bir yerden öptü. Oğlan bir şeyler homurdandı.

— Yeni yılın kutlu olsun Fred!

Sonra, kimbilir nasıl bir niyetle:

— Bütün sıkıntılarının sona ermesini dilerim! diye ekledi.

Teyze de Edmée'yi öptü, ama dalgınca bir öpüştü bu. Aradan bir yıldan çok bir zaman geçtiği için Edmée'yi artık aileden biri saymaya mı başlamıştı acaba?

Kendi eliyle ocağını yakıp yazıhanesine kapanan Fred'den başka herkes giyindi. Jef atı arabaya koştu. Mia iki kez yukarı çıktı. Birinde, teyzenin unuttuğu siyah eldivenleri, birinde de Alice'e mendil aldı.

Derken araba uzaklaştı. Edmée yalnız kaldı mutfakta.

～ ～

Aile saat dokuzda gitmişti. Saat on buçukta Edmée hâlâ yalnız başına, ocağın karşısında oturuyordu. Birdenbire sinirli sinirli kalktı, odasına çıktı, giysisini değiştirdi. Sabahleyin Neroeteren'de diktirdikleri bir entari giymişti. Mia'nın giysileri gibiydi, biçimini bozuyordu bu entari. Bu sefer, Brüksel'de yaptırdığı eski siyah giysisini giydi. İncelmiş, biraz da kısalmıştı, ama omuzlarından kalçalarına kadar bütün bedenini sımsıkı sarıyordu.

Heyecanlıydı. Kendi kendine anlaşılmaz sözler mırıldandı. Aşağıya indiği zaman ateş sönmeye yüz tutmuştu. Üşüdüğü için ateşi yeniden canlandırdı.

Yollarda sallanarak ilerleyen arabanın Neroeteren'i geçtiğini biliyordu. İçindekiler, Louis dayının kendilerini nasıl karşılayacağını düşünerek heyecanlanıyor, soğuktan da donuyor olmalıydılar.

Edmée saate baktı. Taşlığa doğru yürüdü, yazıhane kapısının önünde durdu.

İçeri girecek yerde eğildi, anahtar deliğinden bakmaya başladı.

Fred bir tomar kağıdın önüne oturmuştu, ama kâğıtlara

filan baktığı yoktu. Kesik kesik piposunu içiyor, dik dik karşıya bakıyordu. Sanki onun orada olduğunu anlamış da, anahtar deliğine bakıyormuş gibi geldi Edmée'ye.

Oysa Fred, Edmée'yi fark etmemişti. Başlıklı bir kâğıt aldı eline, şöyle bir göz gezdirdikten sonra öfkeyle attı. Başka bir kâğıt aldı, elini saçlarından geçirdi. Saçları briyantinli olduğu için nasıl bırakılırsa öyle kalıyordu. Dimdikti şimdi başında.

Edmée bir saat kadar arı gibi çalıştı. Yazıhanenin kapısına döndüğü zaman o kadar keyifliydi ki, gülümsememek için kendini zor tutuyordu. Kapıya vurdu. Çünkü kapıya vurmadan hiç kimse, teyze bile giremezdi yazıhaneye. Adet olmuştu bir kez.

Fred bulanık gözlerini homurdanarak, Edmée'ye çevirdi. Kendine gelmeye çalışıyordu.

— Ne var?

— Yemeğe gel, Fred.

— Biraz sonra.

— Olmaz. Biraz sonra soğur yemekler.

Edmée'nin peşinden istemeye istemeye yürüdü. Mutfağın kapısına gelince duraladı. Masaya örtü örtülmüş, peçete çıkarılmış, iki kişilik güzel bir sofra kurulmuştu. Kabaca oturdu.

— Dolapta domuz yağı, yumurta filan varmış. Mia söyledi, diye mırıldandı.

Gelgelelim Edmée mayonezli dana söğüşü, jambonlu omlet, bir de krema getiriyordu sofraya, hem de ne krema! Neroeteren'de görülmemişti böylesi!

Edmée oğlanın karşısında ciddi ve soğuk bir edayla oturuyor, yemeği abartılı bir nezaketle dağıtıyordu. Fred şaşırıp kalmıştı.

— Sen mi yaptın bunları?

— Ya kim yapacak?

Kalktı, fırından bir tabak aldı, ne teyze gibi ne de Mia, ama tıpkı konuklarını ağırlayan bir hanımefendi edasıyla Fred'e uzattı.

— Şimdi, dedi, istersen bir saat kadar gidip dolaşalım.

Beş dakika sonra, ikisi de kendi odasında giyiniyordu. Edmée:

— Kürk şapkanı giy! diye bağırdı.

Kimi Hollanda köylülerinin hâlâ giydikleri türden, eski, samur bir şapkaydı bu.

Fred evin kapısını kilitledi. Yanyana, sessizce yürüdüler. Yol buz tutmuştu.

Ne rüzgar, ne bir hareket, çıt çıkmıyordu. Dona çekmiş karla örtülüydü her yer. Sanki ayda bir gezintiye çıkmış gibiydiler. Ormana gelince Edmée:

— Soğuk! dedi.

Fred genç kıza çekinerek baktı.

— Koluma girer misin? diye sordu.

Edmée razı oldu. Adımlarını teyze oğlunun adımlarına uydurabilmek için çabuk çabuk, dört beş kez, dans eder gibi yürüdü.

— Bütün köy kaymaya gelmiştir şimdi.

Fred yanılmıyordu. On dakika sonra, sulak tarlaların üstünde sinekler gibi hızla uçuşan küçük, kara gölge sürüleri gördüler. Edmée kasıtlı bir edayla:

— Yalnız bu sefer kızağımız yok! dedi.

Fred'in kolunu tutuyordu. Oğlanda bir huzursuzluk duyar gibi oldu.

— Gidip getireyim mi?

— Hayır! Yürüyelim.

Edmée'nin yüzü, elleri, bacakları üşüyordu, ama bedeni sıcaktı. Fred ondan daha iri olduğu için, ayaklarının ucunda yürüyordu.

— Geçen gün Louis dayı için söylediklerin doğru mu?

— Ne demiştim?

— Doktorda sen soyunurken bakıyormuş hani...

— Doğru! Ama hiçbir yerimi görmedi. Hep kolladım kendimi, sırtımı çevirdim ona.

Bu kadar iyi davrandığı için pişman olmuştu.

— Doktor gördü ama.

— Neyi?

— Her şeyi...

Edmée gülmek istiyordu, ama gülemiyordu. Kayak alanına yaklaşınca, fırıncı kızının sarı fanilasını gördüğü halde Fred'in kolundan çıkmadı. İkisi de hızlı hızlı yürüyorlardı. Samur şapkası Fred'e oraların beyi, ağası gibi bir hal veriyordu. Alandan, içine karışmaya tenezzül etmeden halkın oyunlarını görmeye gelen insanlar gibi geçtiler.

İçindeki sevinçten Edmée'nin kalbi çarpıyor, ama dıştan bakılınca hiçbir şey belli olmuyordu. Görünüşte her zamanki gibi solgun ve ilgisizdi.

Üç hektarlık arazi buz tutmuştu. Birer hektarlık çayırların

arasında, aşağı yukarı birer metre genişliğinde, oldukça derin su yolları vardı. Bunlar belli oluyordu. Çayırların üstündeki buzun beyazımsı rengi, su yollarının üstünde koyulaşıyor, karaltılar meydana geliyordu.

Ayaklarında patenleri olmadığı için Fred'le Edmée sakınarak yürüyorlardı.

— Daha uzağa gitmek ister misin?

— Alanın sonuna kadar gitmek istiyorum.

Edmée'yi becerilerine hayran bırakmak isteyen oğlan çocukları zor numaralar yaparak çevrelerinde bütün hızlarıyla dönüyorlardı. Buna karşılık fırıncının kızı sokulmuyor, uzakta kayıyor, ama gözünü de Fred'den ayırmıyordu. Belki de Fred'in yanına geleceğini umuyordu.

Edmée kazandığı başarının tadını çıkarıyordu. Teyze oğlunun şişman kızı bitişik koruluğa götürdüğünü bildiği için, şimdi oraya bakıyordu. Orada olan bitenleri görür gibi oluyordu, ikisinin de burunları, elleri, bacakları buz gibiydi herhalde. Kaydıkları için soluyorlardı. Fred durur mu, kızı mıncıklamıştı, sonra sağını solunu düşünmeden, odun yığınıdır, karın üstüdür demeden, tıpkı Edmée'ye yapmak istediği gibi, yere uzatıvermişti kızı. Ama berikinin ağzı kulaklarına varıyordu. Rüzgarda koca kalçalarını, tüyleri diken diken olmuş etlerini açıvermiş olmalıydı.

Onbeş dakika, demişti Mia. Sürmez bile!

Fred bir engele çarpmış gibi birdenbire durdu. Sonra teyze kızını oradan alıp götürmek istedi. Ama Edmée önemli bir şeyler olduğunu hemen anlamıştı.

— Neyin var? diye sordu.

— Hiç!...

Edmée fırıncı kızını gözleriyle araştırdı, onu göremeyince arkasına baktı ve göze batacak bir şeye rastlamadı.

— Ne oldu Fred?

Fred perişan bir haldeydi.

— Yürü! diye tekrarladı.

O zaman Edmée'nin aklına buz tutmuş zemine bakmak geldi. Biraz önce, kara yeşil bir su yolunun üstünden aşmışlardı. Çocuklar, burada buz daha düzgün olduğu için, tahta patenleriyle arka arkaya, tek sıra halinde kayıyorlardı.

Bacakların arasından kırmızı bir leke seçiliyordu. Edmée, teyze oğlunun kolunu birdenbire bıraktı, iki üç adım geriledi.

Kırmızı leke buzun en az on santimetre altındaydı. Yakından bakılınca bir başlık olduğu anlaşılıyordu; buz, lekeyi bir büyüteç gibi büyüttüğü için, yünün ilmikleri iri iri görünüyordu. Edmée, Fred'in yanına gittiği zaman üşümekten iki omuzu birbirine yaklaşmıştı. Fred'in koluna girmedi. O da sanki bunun farkına varmamış gibi yaptı.

— Eve dönelim, dedi.

Nedenini kendi de bilmeden, arada bir yavaşlıyor, arada bir hızlanıyordu. Pek rüzgar yoktu, ama karşıdan esince yüzün derisini bıçak gibi kesiyordu.

Evle aralarındaki üç kilometrelik yolu hiç konuşmadan geçtiler. Fred ceplerinde anahtarı aradı. Kapıyı açtı. Edmée kendini mutfağa attı. Elini yüzünü ısıtmak için sobanın kapağını kaldırdı.

— Bir yudum bir şey içer misin?

Yanıt vermedi Edmée. Fred paltosuyla şapkasını çıkarmadan salona geçti, ardıç likörü şişesini getirerek iki bardak doldurdu.

Sofra toplanmamıştı. Tabakların birinde biraz omlet kalmıştı. Camlar bembeyazdı. Ocağın ateşi odanın içini kızıla boyamıştı.

Edmée içkisini bir yudumda bitirdi, boğazının ve göğsünün yanmasını geçiştirmek için bekledi. Fred ateşe yaklaşmaktan çekiniyor, paltosunu da şapkasını da çıkarmıyordu.

— Edmée!

Edmée başını çevirmeden:

— Ne var? diye yanıt verdi.

Ellerini alevlerin üstünde tutuyor, damarlarındaki kanın dolaşımını görür gibi oluyordu.

— Dinliyor musun beni?

— Evet.

Fred'in ne söyleyeceğini sözcüğü sözcüğüne bildiği halde, yine de meraktaydı. Bir an Jef'in koca kafasını, sonra o sabah Mia'nın odasına gelişini hatırladı.

— Brüksel veya Anvers gibi bir kente yerleşirsem benimle evlenir misin?

Edmée yanıt vermedi. Isınıyor, saydammış hissini veren ellerine yiyecek gibi bakıyordu.

— İstemiyor musun yoksa?

— Ya Kanallar?

— Satarız. Kanallar'ı bayıla bayıla alacak biri var.

— Louis dayı mı?

— Evet.

— Ya Jef? Ya Mia? Ya ötekiler?

— Bir iş tutacak kadar paraları olur onların.

— Düşüneyim.

Edmée paltosunu çıkardı, kunduralarını çıkarmak için oturdu, ayaklarını fırına uzattı.

— Yalnız kalmak istiyorum.

Fred çıkıp gitti. Edmée onun yazıhaneye yerleştiğini duydu. Yazıhanedeki sobanın çoktan söndüğünü biliyordu. Ama Fred yine de çıkmadı yazıhaneden.

Altıya doğru araba evin önünde durdu. Mia'yla çocuklar hemen sobaya atıldılar. Soğuktan morarmışlardı.

— Fred nerede?

— Yazıhanede.

— Yemek yemedi mi?

Mia o anda sofrayı görmüş, Edmée'ye bakarak gülmesini zor tutmuştu. Edmée:

— Ne demek istiyorsun? diye atıldı.

— Hiç.

Derken teyze girdi içeri. Yüzünde yol yol çizgiler belirmişti. Ağır ağır atıyordu adımlarını. İyi davranılırken günün birinde dayak yiyen hayvanlara benzer, acıklı bir hal vardı üstünde. Olanı biteni kestirmek zor değildi. Bütün ailenin, kardeşlerin, yeğenlerin, akrabaların, herkesin, teyzeye değilse bile, Fred'e çullandıkları, mahkemeden, avukattan, dava vekilinden, hacizden dem vurdukları belliydi. Teyzenin ayakta duracak hali yoktu. Eldivenlerini çıkarmadan kendini bir iskemlenin üstüne bıraktı.

— Fred nerede? diye sordu.

Mia Flamanca bir yanıt verdi. Teyze her zamanki gibi Edmée'ye merakla dönüp baktı. Sevecen görünmek istiyor, ama beceremiyordu. Aslına bakılırsa onda, bir dişinin başka bir soyun dişisine karşı duyduğu bir güvensizlik vardı.

Jef'e gelince, koşumlarını çıkardığı atı ahıra götürüyordu. İçeri girince, tabaktaki soğuk omlet artığını eliyle koca ağzına tıktı. Bunu oburluktan değil, açlıktan yapmış, o da ablası gibi sofranın kuruluşuna şaşmıştı.

Fred'i hemen aramadılar. Ama yoğurt suyu, zerzevat ve bir gün önce haşlanmış patateslerle pişirilen çorba kaynar kaynar ortaya gelince, Mia gidip yazıhanenin kapısına vurdu. Fred yerine oturdu. Sofra örtüsü kaldırılmış, tabaklar sofranın tahtasına dizilmişti. Edmée:

— Benim karnım aç değil, dedi.

Sobanın başında oturuyor, çıplak ayaklarını fırına doğru tutuyordu. Fred Flamanca bir şey sordu. Mia soğuk bir yanıt verdi. Edmée soruyu da, yanıtı da sezinledi.

— Ne dediler?

— Dava açacaklarmış.

O zaman Edmée, bir hasta gibi güçsüz, göğsünü yırtarcasına öksürerek:

— Fred! dedi.

Herkes ona dönmüş, kaşıklar havada kalmıştı.

— Seni dinliyorum.

— Düşündüm, taşındım. Yanıtım, peki.

İlk önce Jef'in kaşığı harekete geçti. Mia yapmacık bir sesle:

— Benim yukarı çıkmam gerek, dedi.

Küçükler bu işten bir şey anlamıyor, bir ona, bir buna bakıyorlardı. Teyzeye gelince, başını tabağına eğmiş, yemeğini yiyor, ama ne yediğini kendi de bilmiyordu. Rengi uçmuştu. Soluğunu tutuyordu. Fred kaşığını gürültüyle çorbaya daldırıp çıkarıyordu.

Şimdi yalnız ateşin çıtırtısıyla, kapağını atmaya çalışan kaynar su tenceresinin tekdüze gürültüsü duyuluyordu.

Sağdaki iki pencere hiç böyle bembeyaz kesilmemişti.

Donmuş bir beyazlık, ay ışığı gibi parlayan bir beyazlık kaplamıştı dışarısını. Yalnızca kavaklar kara bir çizgi halindeydi ve orada, buzun altında bir çocuk başlığının kırmızı lekesi görünüyordu.

XII

Şişman, neşeli bir adam olan sorgu yargıcı Coosemans zabıt katibiyle birlikte adliyeden çıkarken, Doktor Van Zuylen'le burun buruna geldi. Doktor adliyeye bir rapor götürüyordu. Doktoru bir taksiye doğru iterek:

— Bin bakalım şu otomobile Van Zuylen! dedi. İş çıkmış bize. Savcı kendi otomobiliyle daha önce gitti.

Anvers'in üstüne dökülen ince bir ekim yağmuru yolu kayganlaştırmıştı. Gare Centrale'in önünde, bir otomobil kargaşası içinde epeyce zaman yitirdiler. Paris treni gelmişti çünkü. Sonra sessiz bir mahalleye daldılar.

Burada dükkan filan yoktu. Yol genişti. İki katlı evlerin hepsi birbirine benziyordu. 73 numaralı evin önünde, yağmura karşın kalabalık birikmişti. O anda, kaldırımın yanında, karşıdan gelen bir özel araç durdu. Yargıç Coosemans sevinçle gülümsedi; beş dakika önce yola çıktığı halde savcı ancak gelebilmişti. Ama otomobilini kendi sürüyordu, üstelik de miyoptu.

İki polis düzeni koruyordu. Kaldırıma birikenler daha çok konu komşuydu. Kadınlar olayı duyar duymaz işlerini güçlerini bırakıp, şemsiyelerini aldıkları gibi sokağa fırlamışlardı. İddia makamının geldiği, komiserin savcıya doğru telaşla yürüdüğü görülünce, kalabalıkta bir sessizlik oldu.

Ötekiler gibi bu ev de iki katlıydı. Zemin kat yontma taştan, üst katlar tuğladan yapılmıştı. Tuğlaların arası yeni derzlenmişti. Köşede mavi fayanstan bir şemsiyelik duran koridora girer girmez, taşların üstündeki ayak izlerini, kirli suları görünce, bu evde bir facia olduğunu anlıyordu insan. Çünkü bu düzen, bu temizlik ancak bir facia yüzünden böyle altüst olabilirdi.

Sorgu yargıcı Coosemans havayı kokladı:

— Hastane gibi kokuyor, burası! dedi.

Savcı üstten bir edayla, sağdaki kapıya asılmış bakır levhayı gösterdi: *Diş hekimi.*

Beyazlar içindeki dişçiyle daha saçını başını taramamış karısı, merdivenin altında duruyorlardı. Polis komiseri:

— Onları sorguya çekelim, dedi.

— Bir şey bilmiyorlar. Gördüğünüz gibi binanın kapıcısı yok. Muayene saatlerinde kapı kilitli değil. İsteyen içeri girebilir.

Merdivene yaklaştıkça, muayenehanenin kokusuna bir muşamba kokusu karışıyordu. Duvarlar mermer gibi boyanmıştı.

— Daha yukarıda mı?

Dört adam merdiveni arka arkaya çıkıyor, tırabzanda arka arkaya dört el kayıyordu.

— Birinci katta göreceğiniz kadın ev sahibidir. Bir şey söyleyecekseniz ona, yüksek sesle söyleyin bay savcı. Top atsanız işitmez.

Kadın sahanlıkta duruyordu. Hem o kadar da sağır değildi galiba, çünkü komisere fena fena baktı. Kara boncuklarla süslü, kara bir giysi giymişti. Ellerinde parmaksız eldivenler, ayaklarında papazlarınki gibi, büyük gümüş tokalı pabuçlar vardı.

— Bir şey biliyor musunuz Madam?

İkinci kattan hafif gürültüler geliyordu, ama savcı oyalanıyor, başını sallıyor, arada bir kadının konuşmasını keserek:

— Aman bunu yazın! Çok ilgi çekici bu! anlamına gelen bir işaret yapıyordu.

Zabıt katibi not defterine şunları yazdı:

Soyadları Van Elst. Sekiz ay önce evlenmişler. O tarihten beri kiracılar. Koca, Fransız-Belçika Denizcilik Şirketi'nde yazman. Ev sahibi üst katta yüründüğü zaman duyduğunu söylüyor. Van Elst'in karısı geç kalkar. Kötü ev kadını. Evde hemen hiç yemek pişirmez. Ya soğuk yemekler yerler, ya lokantaya giderler. Eve geç dönerler. Dostları yok. Yalnız Van Elst'in erkek kardeşi gelir ve içeri girerken ayaklarını silmez.

— Bütün bunlar doğru mu komiser?

— Doğru. Zaten şu sonuncu bilgi bize bir ipucu verdi. Bu sabah saat dokuzdan biraz önce bir adam gelmiş, yarım saat kadar kalmış. Ev sahibinin söylediğine göre, yukarıda fazla dolaşan olmamış. Van Elst'in karısı yatıyormuş. Adam giderken ev sahibi görmeye çalışmış, ama yalnız sırtını görebilmiş. Buna karşılık muşambanın üstündeki ayak izlerini tanımış. Çünkü aynı ziyaretçiden ayaklarını silmesini eskiden iki kez rica etmiş.

— Van Elst'in erkek kardeşi demek?

— Ta kendisi.

Savcı merdivenleri çıkmaya başlayınca, ötekiler de arkasına dizildiler.

— Önce cesedi görmek ister misiniz?

Soldaki kapı itilince ceset hemen oradaydı. Büyük mağazalarda satılan cinsten, zevksiz bir yatak odasıydı bu. Eşyalar da, halı da yeniydi.

Savcı altüst olmuş yatağı, kadının yarı çıplak bedenini önce aynadan gördü. Sonra gözlerini gerçekliğe çevirdi. Gözlüklerini çıkardı taktı, camlarını silmek için bir daha çıkardı, soluk aldı.

Pembe bir ayak örtüsü, keçenin üstüne kaymıştı. Pencerenin yanında bir polis duruyor, ne yapacağını, nereye bakacağını bilemiyordu. Konsolun üstündeki çalar saat hâlâ işliyordu. Yerde eski terliklerle bir kombinezon duruyordu.

— Ne diyorsunuz doktor?

Ölünün yüzü incecikti. Yastığın üstüne yayılan kestane rengi saçları hem incecik, hem de ipek gibiydi. Canlıydı bu saçlar sanki! Doktor önce cesedin gözlerini kapadı, işaret parmağının ucuyla katılaşıp katılaşmadığına baktı, sonra sıkıntıyla arkadaşlarına dönerek:

— Tabii, boğularak öldürülmüş, dedi. Ama acaba...

Omuz silkti:

— Olan olmuş!

Üstünde karnına kadar sıyrılmış bir gömlekten başka bir şey olmayan cesede eğildi. Savcı başını çevirdi. Sorgu yargıcı Coosemans bu arada sigarasını yaktı. Zabıt katibi komisere:

— Van Elst denilen kadın bu mu? diye sordu.

— Edmée Van Elst, ondokuz yaşında, Brüksel doğumlu.

Doktor doğrulup tuvaleti ararken:

— Irzına geçilmiş, dedi

Beyaz çarşafı boylu boyunca cesedin üstüne çekti. Bitişikte ellerini dikkatle sabunladığı duyuluyordu. Odadan çıkmaya hazırlanırken, komiser savcıyı tuttu:

— Bunları yatağın üstünde bulduk, dedi.

Eski bir takıdan çıkarılmışa benzer, menekşe rengi dört tane taşla, üstüne madenden bir E harfi işlenmiş oyma bir çekmece, kırmızı bir örgü parçasıydı buldukları.

— Bunlar konusunda sorguya çektim kocasını.

— Özür dilerim ama sırayı bozmayalım bay komiser. Cinayeti kim haber verdi?

— Her sabah dokuz buçukta yukarı çıkan sütçü. Bütün evi ayağa kaldırmış. Bana telefon ettiler, ben de buraya gelmeden önce durumu size bildirdim.

— O sırada kocası neredeymiş?

— Aşağıdaki dişçi bürosuna telefon etmiş. Şimdi yemek odasında. Bugüne kadar ne taşları görmüş, ne de çekmeceyi. Söz aramızda, bence sahte bu taşlar. Örgü parçası hakkında da bir şey söylemedi.

Cesedin yüzü örtüldüğünden beri daha yüksek sesle konuşuyorlardı.

— Başka bir şey söylemiyor mu?

— Önce bağırarak dolaşmaya başladı, sonra diz üstü çöktü. Ayağa kalkınca bu iskemleyi kırdı. Çok güçlü, kanlı canlı bir adam. Ağlıyor, uluyordu. Bir ara başını duvara vurmaya başladı. Yemek odasına gönderdim, adamlarımdan birini de yanına koydum.

Savcı bir şey unutmadığından emin olmak için çevresine bakındı. Sahanlığa çıkınca komiserin üçüncü kapıyı açmasını bekledi. Aralık duran ikinci kapı mutfağın kapısıydı.

Tül perdelerle süslü pencerelerden, karşı evin penceresine biriken seyirciler görünüyordu. Dahası bunların arasından yaşlı bir adam dürbünle bakıyordu.

— Nerede?

Polis Fred Van Elst'i gösterdi. Fred yüzünü büfeye dönmüş, bir köşeye yığılıvermişti. Çenesi göğsüne düşmüş, saçları dağılmış, kolları sarkmıştı.

— Lütfen kalkar mısınız!

Fred başını kaldırdı. Yüzü gözü şişmiş, kızarmıştı. Üst dudağındaki sıyrık kanıyordu.

— Ne var? diye kekeledi.

Konuşması anlaşılmıyordu. Komiser duymak için eğildi.

— Bay savcıyla bay yargıcın öğrenmek istediği...

Fred bitkin bir halde, ağır ağır doğruldu, herkesin yüzüne ayrı ayrı baktı. Şaşkındı. Elini alnından geçirdi. Savcı endişeliydi. Komiser ne olduğunu anlamak ister gibi polise bakıyordu. Fred:

— Ne var? diye yineledi.

Büfeye öyle bir yaslanış yaslandı ki, bir fincan yere düştü.

Polis iskemlenin yanında, yerde, boş bir rom şişesi gösterdi:

— Aklını başına getirmek için biraz vereyim dedim. Ters bir iş yapmasından korkuyordum. Ama o bütün şişeyi içivermiş.

Bu sırada Fred dirseklerini büfeye dayamış, bakıyor, sanki onları görmüyordu. Bulanık gözlerinde bir düşünce kıvılcımı zaman zaman yanıp sönüyordu.

∽ ∽

Jef Van Elst'in oturduğu yeri, sahanlıktan ayrılmayan yaşlı ev sahibinden öğrendiler. Jef kentin dışında, Berchem'de, annesi ve küçük kızkardeşleriyle birlikte yaşıyordu. Savcı, doktoru otomobiline aldı. Yargıç Coosemans'la komiser taksiye bindiler. Yargıç:

— İş kendi kendine yürüyor, dedi. Ama sanırım Van Elst'in kardeşini kolay bulamayacağız.

İşlek, uzun bir yoldan gidiyorlardı. Çamurlu kaldırımın üstünde insanlar karınca gibi kaynaşıyordu. Bay Coosemans ağır ağır sigarasını tüttürüyor, taksinin içi mavi dumanlarla doluyordu.

— İki yıl önceki kışa benzer bir kış yapacak bu yıl. Sisten, yağmurdan baş alamayacağız. Ben geçen yılki gibi kuru soğukları severim.

Otomobilin iki yanından levhalar, tabelalar akıyordu. Tramvayları, mal dağıtan araçları ağır bira kamyonlarını geçiyorlardı.

Bir kavşaktan sonra, yol genişledi, gürültü azaldı, evler küçüldü. Savcının arabası, büyük kapılı, uzunca bir yapının önünde durdu.

Asıl oturulan ev soldaydı. Küçük pencerelere krem rengi perdeler gerilmiş, pencere içlerine, birer bakır saksılık konmuştu. Yeni boyanmış tabelada:

Van Elst şekerleme fabrikası yazısı okunuyordu.

Daha içeri girmeden, sokakta, insanın burnuna belli belirsiz bir şeker kokusu geliyordu. Komiser zili çalınca sekiz yaşlarında bir kız çocuğu kapıyı açtı, kalabalığa ürkek ürkek baktı.

— Jef Van Elst evde mi?

— Öteki kapıyı çalmanız lazım.

Küçük kız Anvers Flamancasından farklı Limbourg Flamancası konuşuyordu. Sarı saçlarının sıkı örgüsü küçük bir kuyruk gibi, pembe kareli önlüğünün üstünde duruyordu.

— Götüreyim sizi.

Kapıyı kapadı, büyük kapıya doğru birkaç adım attı. Savcı kızı durdurarak:

— Bu sabah sokağa çıktı mı? diye sordu.

— Bu sabah mı? Çıktı.

Büyük kapıdan girdiler. Avluda bir kamyonet duruyordu. Onun da üstünde, fabrikanın adı yazılıydı. Glikoz kokusu artmıştı. Küçük kızın peşinden yürüyenler şaşkın şaşkın bakınıyorlardı.

— Bak buraya kızım, annen evde mi?

— İşte pencereden görünüyor. Ablam Mia da orada. Gelip bize yardım ediyor. Saint Nicolas ve Noel yortuları için aldığımız siparişleri yetiştirmemiz lazım.

Gerçekten de basık bir odada, pencereye karşı üç kadın oturmuştu. Büyük saç tepsilerin içindeki mavi ve kırmızı şekerlemeleri birer birer, saydam kâğıtlara sarıyorlardı. Kadınların en genci kalktı, kapıyı açarak:

— Ne var Alice? diye bağırdı.

Gebeydi. Yüz çizgileri gerilmiş, burun deliklerinin çevresi sararmıştı.

— Jef'i arıyorlar.

Kadınların en yaşlısı ıslak camın ardında, hep aynı hareketlerle şekerleme sarıyor, hiçbir şey görmüyor, belki de hiçbir şey düşünmüyordu. Yazgısına boyun eğmiş zayıf bir yüzü, renksiz gözleri vardı. İki tavuk avluda eşiniyordu.

— Buradan!

Alice gelenleri daha dar bir avluya geçirdi. Burada, açığa, yağmurun altına şeker çuvalları yığılmıştı.

— Jef!

Kapıyı itince, ağzı açık fırının kırmızı ışıklarıyla karşılaştılar.

— Jef!

Kızcağız yanıt alamayışına şaşıyor, tasalanıyordu. Komiser kızı iterek:

— Bırakın, önce ben gireyim, dedi.

Çocuğu dışarıda bırakarak arka arkaya içeri girdiler. Uzun mermerlerin üstünde tepsiler dolusu, kâğıtlara sarılmak üzere bekleyen şekerlemeler, karamelalar duruyordu. Şeker kokusuna keskin bir yanık kokusu karışıyordu.

Önce bu açıklı koyulu ışığa alışmak gerekiyordu. Fırının alevleri insanın gözbebeklerini yakıyordu. Yavaş yavaş çizgiler belirmeye başlayınca içerideki adamı gördüler. Saçları un içindeydi. Ateşe karşı oturmuş başını ellerinin arasına almıştı.

Beli kayışla bağlı, eski bir pantolon vardı ayağında. Fırıncıların giydiği cinsten kolsuz, baştan geçme bir gömlek giymişti. Çıplak kollarında yuvarlak ve çıkık kaslar göze çarpıyordu. Savcı ilerlemeye çekindi. Komiser ne olur ne olmaz düşüncesiyle cebinden bir tabanca çıkardı.

— Jef Van Elst! Yasalar adına, karşı koymadan teslim olmanızı istiyorum sizden...

Adam kımıldadı, ağır ağır ayağa kalktı. Başı o kadar büyüktü ki, fırının ışığında, insan başından başka her şeye benziyordu. Aynı yavaşlıkla döndü. Sakindi. Gözleri kuruydu. Doktor yargıç Coosemans'a:

— Heredo... diye fısıldadı.

Yargıç belki duymadı, belki bunun ne demek olduğunu anlamadı. Savcı, içeri girmek isteyen küçük kıza:

— Sen annenin yanına git de oyna! diyordu.

Komiser:

— Jef Van Elst, bu sabah Bruxselles Sokağı'ndaki evinde, yengenizi öldürmek ve ırzına geçmek suçundan sizi yasalar adına tutukluyorum, diye yineledi.

O zaman karşılarındaki adam iki elini yüzünden, gözkapaklarından, ensesinden geçirdi. Yüzü kireç gibi bembeyazdı.

— Demek öyle! diye içini çekti...

Ateşe doğru döndü. Komiser bir şey yapacağını sanarak adamın üstüne atıldı, kollarıyla onu kavradı. Jef bir silkinişte sıyrıldı, kıpırdamadan:

— Böyle gürültü etmeyin, diye mırıldandı. Küçükler duyabilir.

Bir sessizlikten sonra da:

— Büyük kapıdan çıkarız, diye ekledi.

Sanki ateşti onu burada tutan. Alevlere o kadar çok bakmıştı ki, yüzünü döndüğü zaman köre benziyordu. Savcı, alacağı yanıtı yazması için zabıt katibine işaret ettikten sonra, resmi bir edayla:

— Jef Van Elst, dedi. Yengenizi neden öldürdünüz?

Komiser kelepçeyi hazırlamıştı. Dışarıda Jef'in gebe kızkardeşi cırtlak bir sesle:

— Alice!... Alice!... diye bağırıyordu.

Jef birdenbire hırçınlaştı:

— Siz olsanız öldürmezdiniz de ne yapardınız? diye yanıt verdi.

Ertesi gece, üçüncü kattaki hapishane revirinin penceresinden kendini attı, altı gün sonra da öldü.